Marjaleena Lembcke

FINNISCHE TANGOS

Roman

Nagel & Kimche

Für Hans

Raimo rief mitten in der Nacht an.
Zittern deine Knie, gehst du am Stock, oder warum besuchst du das Land der zweihunderttausend Seen nicht mehr?, fragte er.
So alt bin ich noch nicht, antwortete ich.
Dein Alter interessiert mich nicht. Du kannst wohl noch laufen. Oder gehst du schon an Stöcken? Was machst du überhaupt in dem Land der Thesen und Theorien, bastelst du an einer neuen Weltordnung oder zapfst du Bier in einer gemütlichen Kneipe?
Er wartete nicht auf Antwort, er lachte und redete weiter. Er war blau. Ich hörte einige Zeit zu und legte dann den Hörer auf. Ich schenkte mir ein Glas Rotwein ein, trank es aus und ging leise wieder ins Bett. Mein Mann räusperte sich, drehte sich um und schnarchte gleichmäßig weiter.
Ich war aufgewühlt und konnte nicht wieder einschlafen.
Die gemusterten finnischen Gardinen vor unserem deutschen Fenster fingen an zu leben. Ich sah eine Reihe von Männern, die vorbeischritten, lächelten und sich verbeugten, und ich wusste nicht, ob ihr Lächeln höhnisch oder freundlich war. Wollten sie mich verspotten oder mich zu einem Tanz auffordern.

Gegen Morgen klingelte das Telefon wieder. Ich nahm den Hörer ab.
Deine Freundin ist dabei, sich vom Abseits ins Jenseits zu befördern. Ich dachte, das könnte dich interessieren, sagte Raimo.
Und was soll ich tun?, fragte ich. Zwischen uns liegen zweitausend Kilometer.
Du brauchst dich nicht zu Fuß auf den Weg zu machen. Es gibt Züge, Flugzeuge, Schiffe, Raketen! Pack deinen Koffer. Abendkleider brauchst du nicht. Deinen Pelzmantel kannst du auch im Schrank lassen. In Finnland ist Sommer.
Ich kochte Kaffee. Die Vögel waren wach. Der erste Sonnenstrahl traf das Blau des Rittersporns. Auf den Margeriten glänzten Tautropfen.
Welcher Verrückte hat heute Nacht angerufen?, fragte mein Mann. Er gähnte. Links und rechts von seiner Stirn standen einzelne Haare aufrecht, wie Fühler.
Raimo, antwortete ich.
Er hatte Raimo nur einmal getroffen. Raimo hatte ihn am Bart gezogen, an den Haaren gezupft, ihn kräftig umarmt und gebrüllt: Ist Hitler tot?
Das war, als seine Haare noch rot und wir jung waren.

Selja und ich lernen uns in dem Alter kennen, als wir noch Apfelsinenkerne und Apfelkerne herunterschlucken und glauben, dass in unserem Bauch ein Obst-

baum wächst. Wir werden duften wie der Süden und der Sommer, und wir sind die einzigen Bäume, die sich bewegen können. Die Wurzeln werden sich immer in unseren Bäuchen festhalten. Die Zweige werden uns aus den Ohren und aus dem Mund herauswachsen, wir werden grüne Blätter bilden und zarte Knospen. Wir werden aufblühen und Früchte tragen.
Wir warten lange auf das Wunder, aber die Kerne keimen nicht.

Ich nahm nur eine kleine Reisetasche mit.
Am Bahnhof sah mich mein Mann an, als sei ich sehr jung. Ich lächelte ihn an. Um uns herum lächelten sich andere Leute an, umarmten sich, sprachen Bahnhofsworte und warteten auf den Zug, um dem Abschiednehmen endlich zu entkommen.
Während die Wiesen und Felder, Häuser, Dörfer und Städte am Zugfenster vorbeirasten, versuchte ich, an Selja zu denken.

Ein Kind rennt mir entgegen. Es läuft schnell. Es läuft an mir vorbei. Dann sehe ich es wieder. Es sitzt auf den Sprossen einer Leiter. Irgendwo zwischen Pubertät und Erwachsenwerden. Einhundertfünfundfünfzig Zentimeter, größer ist Selja nicht mehr geworden. Sie sieht mich mit ernstem Blick an, öffnet den Mund, wie um etwas zu sagen. Aber die Worte bleiben in ihr.

Mir gegenüber rechnete ein Geschäftsmann seinen Gewinn oder Verlust in einem Reisecomputer aus. Er formte die Zahlen flüsternd mit den Lippen nach, als müsste er Leben in sie hauchen. Dann klappte er sein Laptop zu und lächelte zufrieden. Unsere Augen trafen sich kurz, aber kein Blick wurde getauscht. Wir sahen aus dem Fenster, wie wir weiterkamen und Landschaften hinter uns ließen.
Er stieg auch in Hamburg aus. Nachher sah ich ihn noch auf dem Flughafen. Er telefonierte, redete hektisch in sein Mobilfunkgerät, das aussah wie ein Rasierapparat.

Im Flugzeug saß eine Finnin neben mir. Ihr Mann war vor drei Jahren gestorben. Er war Flugkapitän gewesen.
Als Angehörige der Finnair darf ich immer noch umsonst mitfliegen, wenn ein Platz frei ist, erzählte sie, für mich ist es ein Trost. Im ersten Jahr nach seinem Tod bin ich zweimal die Woche von Helsinki nach Hamburg und zurück geflogen. Ich habe mir Hamburg nie angeguckt. Ich wollte nur fliegen, ein paar Gläser trinken und an meinen Mann denken.
Ich versuchte, an Selja zu denken. Aber das Flugzeugmenü erforderte meine ganze Aufmerksamkeit.

Es ist immer dasselbe, sagte die Witwe des Flugkapitäns. Immer ein Klecks Rührei und eine Scheibe Lachs. Es ist nicht zum Sattwerden, nur damit man etwas zu tun hat während des Fluges.
Vor der Landung bestellte sie noch einen Wodka und sagte dann zufrieden: Nun ist das Maß voll.
Als ich mit dem Flughafenbus nach Helsinki fuhr, saß Selja in einer Falte meines Gehirns.

Sie sitzt auf der Treppe des Athenäums, der staatlichen Kunstschule. Vor ihr liegt die Mappe mit den Bildern, die sie bei der Aufnahmeprüfung gezeigt hat. Sie hat ein weiß gepunktetes Kleid an, und sie zählt traurig die Punkte des Kleides und die anderen Punkte. Sie ist zum Kunststudium nicht zugelassen worden. Einige Zeit wird sie sich noch mit dem Studium der Philosophie und der Literaturgeschichte quälen. Wird versuchen, von dem Gelernten Sätze zusammenzubasteln, die von ihr erwartet werden. Dann wird sie nach Deutschland fahren. Weil ich fahre. Sie kehrt zurück in die Heimat, weil auch ich zurückkomme. Ich bleibe nicht lange in Finnland. Ich fahre wieder nach Deutschland. Sie bleibt. Sie besucht die Handelsschule und beschäftigt sich mit den Zahlen und mit den Fakten.

Ich stieg am Bahnhof aus und kaufte mir eine Fahrkarte für den Zug nach Norden.
Im Bahnhof von Helsinki roch es nach Nakkis, nach finnischen Bockwürstchen, nach Fleischpiroggen und Bier.
Im Zug roch es nach Roggenbrot, Salzgurken und Koskenkorva, dem finnischen Schnaps.
Ich lehnte mich auf meinem Sitz zurück und schloss die Augen.

Irgendwo auf den Wegen der vergangenen Tage kommt mir Selja entgegen. Sie läuft schnell, und sie hat einen klaren Blick. Um den Hals trägt sie einen leuchtend roten Schal. Er weht vor meinen Augen und nimmt mir die Sicht.

Jemand sprach mich an. Ich hörte eine tiefe finnische Stimme.
Sind Sie Ausländerin?
Nein, sagte ich. Ich bin Finnin.
Der Mann mir gegenüber lächelte mich an, und ich lächelte zurück, als wäre er ein Stammesbruder, mit dem mich geheimnisvolle Riten verbänden.
Hinter der Fensterscheibe rasten die Tannenwälder auf uns zu. In ihnen wohnen die Riesen und Zwerge. Gute und böse Feen. Zwischen den dunklen Bäumen hält sich die Kinderangst verborgen. Die Birken vertreiben die Furcht, und die Wiesen verlocken mit ihren Blumen. Die Weite des Landes täuscht Freiheit

vor. Wer gehen will, geht bis zum Meer. Lange steht er am Ufer, sieht hinaus zu den unsichtbaren anderen Ufern.

Wenn kein Boot auf den Sehnsüchtigen wartet, geht er wieder ins Innere des Landes. Er kehrt zurück zu den Tannen, den Birken und den Seen. Zu seinem Haus.

Wenn das rot gestrichene Haus in der Sonne freundlich leuchtet, vergisst er manchmal das Meer und seine Sehnsucht.

Ich hatte einen Fotoapparat mitgenommen. Als der Zug in meiner Heimatstadt hielt, ich ausgestiegen war und mich auf festem Boden befand, machte ich ein Foto von dem Bahnhofsgebäude.

Es war noch das alte gelbe Holzhaus. Verkleinert durch die Linse des Apparats, erinnerte es mich an eine Szene in einem Western. Es fehlte nur der Mann in Cowboystiefeln, der mit zwei wachen Augen und zwei Colts Ausschau nach seinen Feinden oder Freunden hält.

Auf der Bank vor dem gelben Gebäude saßen zwei junge Mädchen mit ihren Koffern. Sie warteten auf den Zug, der nach Süden fuhr. Alle jungen Mädchen dieser Stadt warteten auf den Zug nach Süden.

Selja trägt ein selbstgenähtes Kleid. Der Stoff ist schwarz mit winzigen weißen Punkten. Am Rocksaum wippt ein breites, gekräuseltes Band aus demselben Stoff. Ich trage ein schwarzes Kleid mit winzigen weißen Punkten. Selja hat auch mein Kleid genäht. Wir sehen aus wie zwei Perlhühner.
Die Kleider sind fantastisch!, sage ich zu Selja. Niemand wird merken, dass wir aus so einem kleinen Nest im Norden kommen.
Sie sieht mich misstrauisch an. Sie weiß, wie gern ich uns mit windigen Lügen Mut mache. Sie hebt die Augenbrauen. Ich lache und sage: Um die Wahrheit zu sagen, du siehst aus wie eine Dohle, die sich mit Perlhuhnfedern geschmückt hat!
Und du siehst aus wie ein Mückenschwarm!, sagt sie.
Weiße Mücken gibt es nicht!, sage ich.

Gleich hinter dem Bahnhof standen große, neue Hotels, eine breite Straße trennte sie von dem Westernteil der Stadtgeschichte und von den Gleisen, die nach Norden oder nach Süden führen.

In einem der Hotels tanzen meine Geschwister und ich einen Abend und eine Nacht lang, nachdem wir unseren Vater beerdigt haben.
Wir haben kein Elternhaus, in dem wir uns treffen könnten, keine Verwandten in der Stadt, die den Totenschmaus zubereiten würden. Wir gesellen uns zu

den Gästen des Hotels. Wir teilen den Tisch mit einigen Handelsreisenden. Wir essen, trinken und erzählen den Handelsreisenden Anekdoten über unseren Vater. Als uns keine Geschichte mehr einfällt, tanzen wir.

Als wir die Feier beenden, sagt die Kellnerin: Ich hoffe, es hat Ihnen Spaß gemacht! Dann besinnt sie sich auf den Anlass unserer Zusammenkunft und sagt: Verzeihen Sie, Sie haben ja einen Todesfall zu beklagen.

Einer meiner Brüder küsst sie auf den Mund und sagt: Wir beklagen uns nicht. Wir sind todgeprüft.

Am nächsten Morgen gibt es ein Kontinentalfrühstück in einem großen Speisesaal, in dem sich die Vertreter verschiedener Firmen vor dem Büfett treffen, um ihren Kater mit Orangensaft, starkem Kaffee und gewichtiger Miene zu bekämpfen. Wir, die Vertreter des Toten, sind für jede Mimik zu erschöpft.

Im August warf die Nachmittagssonne die Schatten der Häuser über die Straße. Starre Schatten wie auf den Bildern von Edward Hopper. Im Juni gab es diese Schatten nicht. Die Sonne stand zu hoch.

In diesen kleinen trostlosen Städten wurden die sehnsüchtigen Sänger geboren, wurden die schwermütigen Seelen gezüchtet.

Wer Sänger wurde, konnte nicht aufhören, die Sehnsucht zu besingen, wer nicht singen konnte, hörte nie auf, den Liedern der Sänger zuzuhören.

Ich fand eine kleine Pension in der Nähe des Bahnhofs. Es war noch ein Holzgebäude. Die drei Stufen bis zu der Theke knarrten. Rezeption stand darüber.
Ich möchte ein Zimmer mit Dusche, sagte ich.
Die Frau hinter der Theke war in meinem Alter, aber sie kam mir nicht bekannt vor. Wahrscheinlich war sie erst später in die Stadt gezogen. Sonst hätte ich sie kennen müssen.
Für wie lange?, fragte sie.
Ich weiß es noch nicht, bis zum Mittsommernachtsfest auf jeden Fall, sagte ich und lächelte.
Sie erwiderte das Lächeln nicht. Sie sagte nur: Bei uns gibt es kein Restaurant. Aber frühstücken können Sie hier.
Ich nickte und gab ihr meinen Personalausweis. Sie notierte die Buchstaben und Nummern meiner Identität und gab mir den Schlüssel für das Zimmer.
Zweite Etage, dritte Tür links, Aussicht zum Polizeipräsidium. Im Notfall brauchen Sie nur das Fenster zu öffnen und laut zu rufen. Die kommen sofort, wenn sie nicht gerade mit etwas anderem beschäftigt sind, sagte sie und lächelte jetzt – ironisch und müde.
Haben Sie ein Telefonbuch?, fragte ich.
Wen suchen Sie denn?
Eine Freundin, die ich schon seit Jahren nicht mehr gesehen habe. Ich kenne weder die Adresse, noch die Telefonnummer.
Lebt sie denn noch hier?, fragte sie.

Ich nickte.
Sie überreichte mir das Telefonbuch. Ich suchte die Nummer von Selja und Raimo und schrieb sie auf meine Fahrkarte.
Im Zimmer steht kein Telefon, sagte die Frau. Aber Sie können von der Rezeption aus anrufen.
Es eilt nicht, antwortete ich.
Auf dem Flur in der zweiten Etage roch es nach Kaffee. Ich öffnete die Tür zu meinem Zimmer, ließ den Koffer an der Tür stehen und ging wieder.
Im Restaurant des *Grand Hotel* trank ich zwei Gläser Wein. Die Hände des Kellners zitterten, und seine Augen sehnten sich nach Feierabend.
In seinem kleinen Zimmer würde er seine weiße Jacke über die Sessellehne legen, die Hose über die Stuhllehne hängen, sich auf das Bett legen, die Flasche öffnen, trinken, die Augen schließen und noch einmal den Weg zum Meer gehen. Erst würde am Ufer kein Boot zu sehen sein. Aber wenn der Boden der Flasche nur noch fingerbreit mit der Flüssigkeit bedeckt wäre, würde auch das Boot kommen, ein Segelboot, ein Motorboot, vielleicht sogar ein Schiff. Und der Wind würde durch seine dünnen Haare wehen, seine Brust streicheln und ihm all den Unsinn zuflüstern, den der Wind Seereisenden immer zugeflüstert hat.
Ich bezahlte und sagte: Der Rest ist für die Reise. Er nahm das Geld und nickte.
Ich kehrte zurück in meine Pension, zog die Schuhe

und die Hose aus und legte mich auf das Bett. Aus einem der Zimmer ertönte eine Fernsehstimme: *Und wer ist der Gewinner des heutigen Abends?*
Ich roch das Meer.

Gegen Abend stand ich auf, wusch mir das Gesicht, zog mich an und ging hinaus.
Ich lief die *Langestraße* entlang. Sie war nicht sehr lang. Auf halbem Weg fand ich eine Kneipe, die sich *Pub* nannte. Das hieß, dass man dort gezapftes Bier bekommen konnte. Das Licht war schummerig, und in einer Ecke stand ein Plattenspielautomat. Ein finnischer Tango erklang: *Auf der anderen Seite des Meeres ist das erträumte Land, und die Wellen spülen den Sand der Hoffnung an den Strand …*
Die Theke war voll besetzt. Ich suchte einen freien Tisch und setzte mich.
Gerade hatte ich mein Bier bekommen, als ein Mann an meinen Tisch trat und fragte: Darf man sich dazusetzen?
Er war nicht mehr jung. Die Jahre hatten ihm die Haare weggefegt und dafür das Gesicht mit einer Menge Falten versehen. Seine Augen waren umschattet von dunklen Ringen vieler schlafloser Nächte. Seine Lippen glänzten vom Bier.
Darf man auf eine Antwort hoffen?, fragte er.

Als ich nickte, stellte er sein Glas auf den Tisch und setzte sich, breit grinsend.
Nicht, dass Sie denken, ich würde immer fremde Frauen anquatschen, sagte er. Genau genommen mache ich das nur einmal im Jahr. Einmal im Jahr nehme ich mir alle Freiheiten heraus. Sonst bin ich ein braver Ehemann und Vater. Ich schneidere meinen Söhnen sogar die Hosen selbst. Alles nach dem goldenen Schnitt. Ohne Schnittmuster, einfach aus dem Kopf, nach dem goldenen Schnitt. Können Sie sich das vorstellen?
Ich nickte.
Nein, sagte er. Sie wollen es sich gar nicht vorstellen. Aber es ist wahr. So machte ich das. Früher mal. Ich bin Mathematiklehrer. Mein Leben war mal klar geregelt. Genau so berechenbar wie die Zahlen. Nur einmal im Jahr gönnte ich mir die Freiheit, etwas zu tun, was ich im voraus nicht geplant hatte. Ich ging aus und trank, ich ging tanzen, und wenn es mir gelang, ging ich auch mal fremd. Einmal im Jahr. War das zu viel verlangt?
Ich schüttelte den Kopf. Er redete weiter.
Mein Leben hat sich geändert. Meine Söhne tragen schon lange nicht mehr die Hosen, die ich geschneidert habe, und meine Frau hat mich wegen eines anderen Mannes verlassen. Ich habe ihr gesagt, dass sie schlecht addiert hat. Mit einem jüngeren Mann muss sie mit Überraschungen rechnen, und falls er vor ihr stirbt, bekommt sie nur eine geringe Rente.

Aber Gefühle sind nicht wie mathematische Gleichungen, bei Gefühlen gibt es unerwartete, unlogische Lösungen. Jedenfalls, bei mir hätte sie immer gewusst, was sie erwartet, sagte er und stand auf, um sich noch ein Bier zu holen.

Seine Hosenbeine flattern wie damals, als er, der neue Mathematiklehrer, in das Klassenzimmer stürzt und mit engagierter Stimme sagt: Meine Damen und Herren, jetzt machen wir Ernst mit dem Lernen. Ich glaube an nichts, außer an die Zahlen. Sie sind die Wunderwelt und das Paradies für willige Köpfe. Ich bin Esko Kelo, und ich hoffe, unsere gemeinsamen Berechnungen gehen auf.

Wir haben uns über sein Äußeres und über seinen Eifer amüsiert. Mit siebzehn glauben die wenigsten von uns an ein Paradies aus Algebra und Geometrie. Bei der mündlichen Abiturprüfung muss ich eine Algebraaufgabe an der Tafel lösen. Ich bekomme das richtige Ergebnis heraus, aber er kann meinen Weg zu der Lösung nicht nachrechnen. Ich kann meine Gedankengänge leider auch nicht mehr nachvollziehen.

Ich lasse diesen unkonventionellen Lösungsweg durchgehen, und du gehst mit mir tanzen, sagt er zu mir.

Die anderen lachen. Ich gehe mit ihm tanzen. Er erzählt mir von seiner Frau und von den Hosen seiner Söhne mit dem goldenen Schnitt.

Er kam mit seinem Glas zurück. Ich habe eine Formel gefunden, wie man die unendlichen Zahlen ins endliche System integrieren kann, sagte er.
Von Mathematik verstehe ich heute noch weniger als zu meiner Schulzeit, sagte ich, und das war schon damals nicht viel.
Es war nur ein Spaß, sagte er. Ich habe nichts dergleichen erfunden. Es war bloß Unsinn. Alles, was ich sage oder tue, kommt mir seit einiger Zeit sinnlos vor. Ich fühle mich alt.
Die Sommeräpfel schmecken nicht mehr, die Wicken haben aufgehört zu duften, die Musik besänftigt die Ohren nicht, meine Augen scheinen nur noch graue Töne wahrzunehmen, und auch die Fingerkuppen haben ihre Empfindlichkeit verloren. Wenn ich noch die Gelegenheit hätte, die zarte Haut einer jungen Frau zu streicheln, würde sie mir vielleicht wie Büffelleder vorkommen. Ich habe die Freude an meinen fünf Sinnen verloren. Und seitdem verlieren auch die komplizierten Rechenaufgaben ihren Reiz. Interessant ist nur noch die Zahl der verbleibenden Jahre. Tanzen Sie?
Nicht heute Abend, sagte ich.
Sind wir uns schon mal begegnet?, fragte er.
Ich war eine Ihrer Schülerinnen.
Waren Sie begabt?
Nicht in Mathematik. Ich muss jetzt leider gehen, sagte ich.
Natürlich, sagte er. Gehen Sie nur.

Ich ging zur Theke, um mein Bier zu bezahlen, und nickte ihm von dort aus zum Abschied zu. Er hob seinen Bierkrug, bayerischer Art und Größe.
In meinem Kopf flatterten Zeilen von William Blake. *Ist nicht ein jeder, seinen Weg in den Lüften suchender Vogel, eine unendliche Welt der Freude, versteckt in deinen fünf Sinnen?*, oder so ähnlich.
Draußen war es noch so hell, wie es in diesen Breitengraden im Juni immer ist. Diese Nächte, die kein Ende haben, machen unruhig.
Die zwei Kinos der Stadt leerten sich. Die Menschen blinzelten, als kämen sie in die strahlende Sonne. Ein paar Tränen wurden abgewischt. Die Lachfalten glätteten sich, und die Anteilnahme erlosch auf den Gesichtern. Der Hunger nach eigenen Erlebnissen erwachte. Die Restaurants und Kneipen füllten sich.
Ich kaufte mir in einem Kiosk Schokolade und stellte mich auf die Brücke.
Von der Brücke konnte man bis zum Meer sehen. Dem ganzen Flussufer entlang lagen Boote, fest vertäut.

Auf der Brücke begegne ich Selja wieder. Wir schauen zusammen nach unten, wo die Fischerboote liegen. Wir sehen die Fischerboote nicht, wir sehen andere Boote. Segelboote und Luxusjachten, die uns mitnehmen aufs offene Meer, mit denen wir immer weiter fahren, in andere Länder. Auf der Brücke

stellt sich ein Mann zwischen uns. Er legt die eine Hand Selja auf den Nacken und die andere auf meinen. Wir beugen die Köpfe vor und sehen uns um seinen Bauch an.
Er fährt mit seinen großen, rauen Fingern über unsere Haare, schüttelt unsere Köpfe und sagt: Ach was, geht nach Hause zum Wachsen. Ihr Rosinenbrüste seid noch zu jung für mich.
Selja zeichnet in die Erde mit dem Zeigefinger ein Bild von dem Mann.
Aus seinem Mund ragt eine überdimensional große Flasche, der Bauch wölbt sich wie bei einer Schwangeren, und ein großer erigierter Penis ragt aus dem Hosenschlitz.
So sind die Männer, sagt Selja.
Ach, was wissen wir schon, sage ich und ahme die Stimme des Mannes nach. Lass uns nach Hause gehen und wachsen.

Jetzt lagen mehrere Kabinenboote mit poliertem Deck am Fluss. Ich ging weiter, über den Marktplatz. Hinten stand noch immer die alte Fischhalle. Um den Marktplatz herum hatten Restaurants, Pizzerien und Kneipen aufgemacht. Das *Kokkola* existierte noch. Es war der Saufladen, in den auch die Arbeiter hineindurften, vorausgesetzt, sie hatten sich zumindest eine Schnur als Krawatte um den Hals gebunden.
An so einem Strick konnte man sich nachher auf-

hängen, wenn das Besäufnis vorbei war und sich für das nächste kein Geld mehr auftreiben ließ.
Ich entdeckte an einer Ecke des Marktplatzes eine Telefonzelle und wählte die Nummer von Selja und Raimo. Selja meldete sich mit ihrem Nach- und Vornamen. Noch lebte sie.
Ich sagte gar nichts. Ich legte auf, weil ich nicht wusste, was ich ihr sagen sollte.
Früher fand ich die Worte schnell, und meine Gedanken hatten klare Konturen.
Scherenschnitte, nannte Selja sie. Schwarz auf weiß und flach.

In der Nacht fielen mir alte Kinderlieder ein, Volkslieder, Heimatlieder. Die Texte und Melodien waren so deutlich, dass ich meinen Mund bewegen und sie leise singen musste. Die Lieder des Nordens, die Lieder des Südens, Lieder aus Mittelfinnland. Winterlieder, Frühlingslieder, Sommerlieder und Herbstlieder. Lieder des Abschieds und zum Wiedersehen. Ich blätterte das ganze Liederbuch der Schulzeit durch, summte und bildete Worte: *Vie jalat kuin karkelossa / läpi pienen puistikon. / Sen penkillä / kuutamossa / ens runoni tehty on.* (Wie beim Tanz führen mich die Füße in den kleinen Park. Wo im Mondschein auf einer dieser Bänke ich das erste Gedicht entwarf.)

Plötzlich hörte ich eine Frauenstimme aus dem Nachbarzimmer. Sie klang wie Seljas Stimme. Erst flüsterte sie mit ihrem Freund. Dann hörte ich das Stöhnen, das Keuchen und das Quietschen der Matratze, die sich gegen die immer gleichen Strapazen wehrte. Ein Schluchzen und wieder die Stimme von Selja oder der Frau, die Seljas Stimme hatte. Die dunkle Stimme einer finnischen Frau. Etwas schlug gegen die Wand. Die Frau schrie und weinte. Der Mann fluchte. Mein Herz klopfte.
Ich schluckte Luft, der Bauch blähte sich auf, der Unterleib verkrampfte sich. Ich schwitzte.

Ich schlafe bei Selja. Selja gehört ein halbes Zimmer. Die andere Hälfte gehört ihrem Bruder. Das Zimmer wird durch einen Samtvorhang geteilt. Der Vorhang ist rot und schwer. Er bewegt sich nicht, auch wenn das Fenster geöffnet ist, und der Wind die Gardinen zum Tanzen bringt. Der rote Vorhang ist wie eine Wand. Die Leselampe von Seljas Bruder wirft ihren Schein auf den Boden, bis zu unserer Seite. Wir haben das Licht schon ausgemacht.
Von unten tönt die Stimme von Seljas Vater. Nun mach schon! Verdammt noch mal! Scheißweiber!, flucht er. Das Bett unten knarrt. Seljas Mutter flüstert und seufzt. Das Bett knarrt in einem gleichmäßigen Rhythmus, die Federn quietschen, Seljas Vater stöhnt. Ein langgezogenes Jaulen und dann ein Plätschern. Seljas Mutter pinkelt in den roten Email-

leeimer. Dann ist im Erdgeschoss Stille. Hinter dem roten Vorhang quietscht das Bett. Es knarrt und klappert. Seljas Bruder wimmert wie ein Welpe. Dann hat auch er es geschafft. Selja und ich liegen steif auf dem Rücken. Ich schwitze. Ich bekomme Magenschmerzen, wenn ich mir die fleischigen Schenkel von Seljas Mutter vorstelle, aber ich kann nicht aufhören, sie mir vorzustellen. Das Bild ihrer prallen Schenkel, die sich breit öffnen, füllt den Raum, und ich denke an ihren Mund, der fest verschlossen die Worte zurückhält, bis ihre Zeit kommt. Am nächsten Morgen, wenn Seljas Vater nüchtern ist, wird sie den Mund aufmachen. Sie wird ihm seine Schandtaten und sein Versagen mit einer stählernen Stimme in den Kopf einhämmern, und er wird blass dasitzen und das dunkle Brot kauen und jeden Schlag stumm hinnehmen, und sein Gewissen wird ihn quälen, weil er gesoffen hat und weil es ihm schlecht geht, und während sie redet, wächst sein Unmut, und wenn er sich wieder eine Flasche Mut angetrunken hat, wird er sie schlagen, sie aus dem Haus jagen oder sie zwingen, ihm die Schenkel zu öffnen und den Mund zu schließen, und sie wird gehorchen und auf den Augenblick warten, wenn sie wieder ihren Mund öffnen und ihn zum Verstummen bringen kann. Und sie werden von diesen Augenblicken leben.
Und Seljas Bruder wird sich an seinem Glied festhalten und sich selbst lieben und niemanden zwischen seine Hände und sein Glied lassen. Und

während seine Finger sich bewegen, läuft ein Tonband, und eine Stimme spricht Sätze in fremder Sprache. So lernt er Fremdsprachen, die ihn nicht interessieren. So lernt er das ganze Lexikon auswendig. So lernt er. Denn er will wissen, worüber die Leute reden, denen er bisher nie begegnet ist. Eines Tages wird er ihnen begegnen, und was sie sagen, wird ihn nicht mehr interessieren als das, was die Leute reden, die er bereits kennt. Aber er will die Namen der Dinge kennen, über die sie reden. Er will nicht, dass jemand ihm sagt: Weißt du es nicht? So wächst er auf, ein kleiner Baum im Wald, eingeengt zwischen größeren Bäumen, ein dürrer Baum, der so schnell wachsen muss, dass er keine Zeit hat, Äste zu bilden, Blätter zu treiben, der kahl um den Stamm bleibt, weil er überleben und seine Krone in das Licht halten will.
Selja will nicht wissen, worüber die Leute sprechen. Sie will nicht mitreden. Sie lächelt, wenn man ihr eine Frage stellt. Sie lächelt, wenn sie keine Antwort weiß, und sie lächelt und schweigt, wenn sie die Antwort kennt.

Der Frühstückskaffee war dünn, aber das Brot war dunkel und kräftig. Die Heimat ließ sich mit drei Worten beschreiben. Das Meer, die Birken, das Brot.

Ich bestellte mir ein Taxi. Ich möchte zum Friedhof, sagte ich zu dem Fahrer und setzte mich zu ihm.
Am Straßenrand blühten Mohnblumen und Margeriten, im finnlandflaggenblauen Himmel flatterte eine Lerche.
Ich nahm eine Zigarette aus der Tasche und wollte sie zwischen die Lippen stecken. Der Taxifahrer sah mich von der Seite an und brummte: Weiß nicht, wo Sie herkommen, aber in Finnland wird im Taxi nicht geraucht.
Ich steckte die Zigarette wieder in die Schachtel.
Aus Deutschland, sagte ich.
Und dort darf gequalmt werden?
Nicht in allen Taxis.
Er hielt vor der Friedhofspforte und sagte: Macht dreißig Mark. Finnische, wenn es geht.
Ich möchte doch erst ein Haus sehen, in dem ich früher mal mit meiner Familie gewohnt habe, sagte ich und gab ihm die Adresse.
Er fuhr wieder los.
Als wir ein Stück des langen Feldweges gefahren waren, bat ich ihn anzuhalten. Ich starrte einen Augenblick aus dem Taxifenster.
Erinnerungen?, fragte der Fahrer. Ich nickte und sagte: Sie können weiterfahren.

Ich sehe die Erde, die vom Mond beschienen wird. Der Mond gleitet träge aus einer Wolke und überflutet die Felder, den Wald, den Weg mit einem blassen,

eisigen Licht. Es ist still. Die Vögel haben ihr Abendlied längst gesungen, und die Tiere, die sich in der Nacht bewegen, tun es leise. Ich sehe zwei junge Mädchen, die den Weg entlanggehen. Sie sind siebzehn Jahre alt. Das eine Mädchen hat langes dunkles Haar, das es offen trägt, das andere Mädchen hat ihr Haar hinten zusammengebunden. Das Mädchen mit dem offenen Haar ist etwas größer. Es redet, das andere hört zu. Auf einem Hügel steht ein Mann mit einem Fahrrad. Als sie an ihm vorbeikommen, sagt das Mädchen gerade: *Die rote Wüste* ist ein schrecklich schöner, trauriger Film. Es sieht den Mann auf dem Hügel nicht an. Aber plötzlich hat es Angst. Das kleinere Mädchen bemerkt ihn gar nicht. Der Mann lehnt sein Fahrrad gegen einen Baumstamm und geht den Mädchen nach. Sie gehen schneller. Er geht auch schneller. Er packt das größere Mädchen von hinten, dreht es zu sich und beißt es in die Lippe. Es spürt das Blut in seinem Mund und sackt erschrocken zusammen. Das kleinere Mädchen schlägt mit seiner Umhängetasche auf den Mann ein. Es ist mutig. Der Mann geht zu seinem Fahrrad zurück.
Die Mädchen setzen ihren Weg fort.
Dann sitzt das größere Mädchen auf der Treppe vor dem Haus, in dem es wohnt, und kann sich nicht von der Stelle bewegen. Immer wieder berührt es die angeschwollene Lippe und schmeckt das Blut.
Ein Film läuft vor den Augen des Mädchens ab.
Zwei Mädchen gehen den Weg entlang. Ein Mann

kommt. Er packt das Mädchen von hinten. Er hält es fest. Und dann beißt er das Mädchen in die Lippe. (Vielleicht hat er vorgehabt, es zu küssen. Aber er hat das Mädchen nicht geküsst. Er hat es gebissen.) Die Lippe beginnt zu bluten. Der Mann steht im Schein des Mondes. Es sieht so aus, als wolle er dem Mädchen die Hand reichen. Aber dann dreht er sich um und geht, ohne ein Wort zu sagen. Das Mädchen leckt die angeschwollene Lippe, als sei der Geschmack des Eisens im Blut der Geschmack der Angst, als würde es den Geschmack der Angst jetzt kennen.
Ein paar Jahre später fährt das Mädchen nachts mit dem Taxi nach Hause.
Es erkennt den Mann sofort. Der Taxifahrer erkennt das Mädchen. Sie sprechen kein Wort miteinander. Das Mädchen kann die Herzschläge im Auto hören. Als das Mädchen die Fahrt bezahlen will, schüttelt der Taxifahrer den Kopf und sagt: Lass gut sein.

Macht fünfzig Mark, sagte der andere Taxifahrer, als er vor einem gelben Haus anhielt.
Das ist nicht mehr das Haus, in dem ich gewohnt habe, sagte ich.
Dann wird es ein neues Haus sein. Das ist aber die Adresse, die Sie mir angegeben haben.
Ich stieg aus, und er stieg auch aus.
Auf dem Hof fing ein Spitz an zu bellen. Ich setzte mich schnell wieder in das Auto.

Angst vor Hunden?, fragte der Taxifahrer amüsiert. Ich nickte und sagte: Fahren Sie mich bitte noch zum Hafen.
Ich dachte an all die Dinge, vor denen ich Angst habe. Vor Hunden, vor Feuer, vor Bussen, die in den Abgrund stürzen, vor Autos, die zusammenprallen, vor Schlägen ins Gesicht. Vor Menschenmengen und vor einsamen Gegenden. Angst davor, einen geliebten Menschen zu verlieren, Angst davor, mich selbst zu verlieren.

Selja hat keine Angst. Weder vor Hunden, noch vor Männern, die beißen. Keine Angst, jemanden zu verlieren. Und keine Angst vor Dingen, die sie nicht erklären kann. Sie sucht nach keiner Erklärung, und wenn sie Angst hat, ist ihre Angst so gut gepanzert wie die Weichteile der Schildkröte.
Selja bringt mich oft nachts nach Hause. Hast du keine Angst?, frage ich.
Wovor?, fragt sie und geht dann allein nach Hause, entschlossen, sich allem zu stellen, was ihr auf dem Weg begegnet.

Wie ist es denn jetzt in Deutschland?, fragte der Taxifahrer.
Es wächst zusammen, was zusammen gehört, sagte ich und lachte.
Das habe ich auch im Fernsehen gehört, meinte er. Das hat doch irgendein Politiker gesagt. Wenn Sie

meine Meinung hören wollen, die hätten West und Ost getrennt lassen sollen. Reich und Arm sollten nicht heiraten.
Heiraten können sie ja gar nicht, es sind doch Brüder und Schwestern! Das wäre Inzest, sagte ich.
Sie machen sich wohl lustig über die Politik? Glauben Sie nicht, dass politische Entscheidungen uns alle angehen?, fragte der Taxifahrer.
Ich weiß es nicht. Im Augenblick weiß ich nicht, was ich glauben soll. Und ob ich an etwas glauben soll.
Ganz ohne Glauben kann man nicht leben, meinte der Taxifahrer.
Ich bezahlte und stieg aus, bückte mich dann ein wenig und sah ihn durch das offene Wagenfenster an. Und Sie?, fragte ich. An was glauben Sie?
An Gott!, sagte er, grinste verlegen und fuhr los.

Der Wind kam vom Meer. Die Wellen brachen sich an den Betonmauern. Die Gischtflocken, diese kleinen Seejungfrauen aus den Märchen, trugen schmutzige, ölige Kleider.
Ich erinnerte mich an die Erste-Mai-Aufmärsche. Ich marschierte mit meinem Großvater. Fünf, sechs Kilometer lang war die Strecke durch die Stadt. Meine Ausdauer wurde von Großvater mit einem Vanilleeis belohnt, von Mutter wurde ich ausgeschimpft. Und sie machte Großvater – ihrem Vater – Vorhaltungen, weil dieser – ihrer Meinung nach –

ein unschuldiges Kind für eine politische Sache missbrauchte.
Mein Großvater war ein bekennender Kommunist, mein Vater ein heimlicher. Meine Mutter gehörte der Sekte der Mormonen an, sie bewunderte die Amerikaner und neigte in ihren politischen Anschauungen eher nach rechts.
Ich setzte mich auf einen Poller und rauchte. Die Möwen kreischten. Das Meer rauschte, und der Wind heulte. Auf der anderen Seite des Bottnischen Meerbusens lag Schweden. Die Küste konnte man nicht sehen. Mit der Fähre dauerte die Überfahrt acht Stunden.

Schweden liegt nur einen Rotz entfernt. Wir können darauf spucken, wenn wir wollen!, sagen wir. Die Schweden, die reichen, weltoffenen Nachbarn, die wir laut verhöhnen, und insgeheim beneiden und bewundern. Sie haben einen König und die Schwedische Akademie, die Nobelpreise vergibt. Sie haben Frauen und Männer, deren Namen die Welt kennt: August Strindberg und Selma Lagerlöf, Greta Garbo, Ingrid Bergman, Ingmar Bergman, und viele andere.
Zu Finnland fällt der Welt nur die Sauna ein. Und die zweihunderttausend Seen, das sommerlange Summen der Mücken und der schnelle Paavo Nurmi, der allen Mücken davonläuft.

Ich liebe die Sommer, weil wir auf eine Insel fahren, weil wir auf dem Wasser sind. Selja fährt nie mit. Selja steigt nie in ein Boot. Sie mag die Wellen nicht, das Schaukeln nicht. Angst hat sie nicht, sagt sie. Sie bleibt nur lieber auf festem Boden. Ich weiß nicht, ob sie je geflogen ist. Wahrscheinlich nicht. Wenn sie dem Wasser so misstraut, wie soll sie sich der Luft anvertrauen.

Als ich mit ihr das erste Mal auf einem Schiff fahre, ist ihr übel, und sie bleibt fast während der ganzen Überfahrt im Bett.

Sie braucht festen Boden unter den Füßen.

Als wir Freundinnen werden, ist sie eine der besten Läuferinnen an unserer Schule.

Aus Selja machen wir noch eine Starläuferin, sagt die Sportlehrerin. Sie spornt Selja an und Selja lebt während der Sportstunden auf. Sonst bekommt sie nicht viel Lob in der Schule, außerhalb der Schule auch nicht.

In der dritten Klasse des Gymnasiums verliert sie das Interesse am Laufen. Die Lehrerin glaubt, es hänge mit den Jungen zusammen. Aber Selja ist nicht an Jungen interessiert.

Sie merkt nur eines Tages, dass Laufen sinnlos ist. Sie kommt immer am selben Ziel an, mal Bruchteile von Sekunden früher, mal Bruchteile von Sekunden später. Selja verliebt sich ins Kino. Sie liebt den dunklen Saal, die Leinwand mit den sich bewegenden Bildern. Sie liebt die Stimmen, die sich Geheimnisse zuflüstern, sich anschreien, weinen und lachen. Sie liebt das andere Leben, das ihr nicht zu nahe kommt. Das Leben, das sich unangreifbar vor ihr abspult. Sie mag die Schicksale, die keiner der Zuschauer beeinflussen kann. Kein Schreckensschrei, keine Lachsalve, keine Tränen können den Ablauf der Dinge ändern. Selja sitzt fast jeden Abend im Kino. Es gibt nur zwei Filmtheater in der Stadt, und die meisten Filme sieht sie sich zwei- oder dreimal an. Sie bezahlt oft die Eintrittskarte auch für mich, und ein Jahr lang begleite ich sie bei ihren Filmbesuchen. Dann habe ich genug Liebesszenen und Abenteuer gesehen. Ich will sie lieber selbst erleben.

Ich schlenderte durch einen Supermarkt und legte ab und zu etwas in den großen Einkaufswagen.
Die Lakritzestangen fielen durch das Gitter, ich musste sie in der Hand halten. Ich kaufte Kekse und Apfelsinen, geräucherte kleine Maränen und Rote Bete. An der Kasse steckte ich noch ein paar Tafeln Schokolade und eine Zeitschrift in den Wagen.
Als ich mich umsah, entdeckte ich Selja. Sie stand vor dem Tisch, an dem man die eingekauften Waren einpacken kann. Ich hob die Hand zum Gruß, aber sie sah mich nicht an. Ich wollte ihren Namen rufen, aber ich kriegte die Lippen nicht auseinander.

Wir hocken in ihrem halben Zimmer und spielen Kinder, die ein Puzzle zusammensetzen. Selja mag

keine Puzzlespiele. Sie will nicht ein Bild zerstören, um es wieder aufbauen zu können.
Selja dreht eine Locke um den Finger und lächelt. Sie kann nicht spielen. Sie kann nur lächeln. Selja ist ein langweiliges Kind. Ich weiß nicht, warum ich sie mag. Ich frage sie nicht, warum sie lächelt. Ich frage sie nicht, an was sie denkt, wovon sie träumt.

Jetzt war es zu spät für diese Fragen. Von ihrem Lächeln sind nur zwei in die Breite gezogene Lippen übrig geblieben.
Sie sah mich nicht an. Vielleicht hatte sie mich nicht bemerkt. Ich konzentrierte mich aufs Bezahlen und steckte meine Einkäufe in einen Plastikbeutel.
Als ich fertig war, sah ich Selja nicht mehr.

In der Nähe fand ich eine dieser dunklen Kneipen, die es jetzt überall in der Stadt gibt. Sie hießen alle *Pub*. Vielleicht um den Eindruck zu erwecken, dass das Saufen auch in England anerkannt und nicht als eine nationale Schwäche Finnlands zu betrachten ist.
Ich ging in den *Pub*, setzte mich und bestellte ein Bier.
Dazu aß ich Lakritze.

Selja und ich laufen. Ich habe etwas Geld. Es reicht für zwei Stangen Lakritze. Bis zum nächsten Laden

sind es drei Kilometer. Wir kaufen Lakritze und essen Lakritze und träumen.
Eines Tages wird es von uns abhängen, wer Lakritze essen darf und wer nicht. Wir werden sie verteilen. Wir werden sie mit anderen teilen. Wenn die anderen erst mal ihre Welt mit uns teilen, träume ich.
Wenn wir groß sind, liegt uns die ganze Welt zu Füßen. Sie kniet sich hin und küsst unsere nackten Füße, sage ich und lache.
Von mir aus kann die Welt die Füße der anderen küssen, sagt Selja und sieht auf ihre nackten, kurzen Zehen.
Du brauchst nur die richtigen Schuhe, sage ich zärtlich, du könntest auf deinen kleinen Füßen laufend die Welt erobern.
Wozu?, fragt Selja.

Jetzt steckten meine Füße in schlichten Schuhen. Dick besohlt und aus festem Leder. Die Träume hatten ihren Reiz verloren. Die Welt war kein Ort, den man erobern konnte.
Man konnte ihr nur zusehen.

Seljas Haare waren hinten im Nacken zusammengebunden.
So hatte sie ihre Haare immer getragen. Den Mund schminkte sie mit einem hellen Lippenstift. Damals waren ihre Lippen voller, und die Haare üppiger gewesen.

Sie war klein und dicklich. Ich hatte sie früher immer in die Länge ziehen, ihr eine bestimmte Größe geben wollen.
Ich stellte mir vor, Selja würde mir gegenüber am Kneipentisch sitzen. Ich erzählte ihr über die letzten fünfzehn Jahre. Meine Geschichte klang traurig.
Ich sah aus dem Fenster. Der ehemaliger Mathematiklehrer spazierte vorbei und spähte konzentriert in die Kneipe hinein. Sein Blick verriet, dass er nicht entdecken konnte, was er suchte.
Matte, tränenförmige Lampen erleuchteten den Raum. Ich bestellte noch ein Bier und holte mir die Speisekarte. Die Auswahl der Speisen war nicht groß. Ich nahm Nakkis.
Ein Mann mit einer Mütze auf dem Kopf, gestrickt aus Wollfäden in bunten Farben, ging mit langsamen Schritten an der Kneipe vorbei. Er hielt die Finnlandflagge unter dem Arm. Den Winter noch auf dem Kopf, die Fahne für den Sommeranfang unter dem Arm und vielleicht auch eine kleine Flöte in der Tasche, um die Fanfare zum Mittsommerfest zu blasen.

Als ich die kleinen Würstchen aß, sah ich Raimo. Er stand vor dem Lokal, seinen mächtigen Rücken mir zugewandt. Ich erkannte ihn an der Stimme.

Er sprach laut und malte einen alles umfassenden Kreis in die Luft, als würde er den Erdball beschreiben.
Dann kam er herein. Er entdeckte mich sofort und setzte sich mir gegenüber.
Was machst du denn hier?, fragte er.
Ich sah ihn erstaunt an.
Schau nur, sagte Raimo. Schau, was für ein Walross ich geworden bin. Zu viel Fett am Leib. Fett im Blut, ein verfettetes Herz, eine Fettleber und fette, schwammige Träume.
Ich lächelte.
Du lächelst, ja, lächle du ruhig. Es ist lange her, dass ich ein so nettes, ahnungsloses Lächeln gesehen habe. An der Meristraße war es. In einer anderen Stadt. In einem anderen Leben. In der netten Wohnung, wo alles zum Ablutschen sauber war. In der kleinen, niedlichen Küche. Zum Teufel! Willst du die Geschichte überhaupt hören?
Er wartete nicht auf meine Antwort. Er spulte seine Geschichte ab.
Die Liebe war im Spiel. Und nur der Liebe wegen habe ich in der keimfreien Stube gesessen, habe den Braten gegessen, habe die siebzig Quadratmeter pures Glück bewundert, die neuesten Anschaffungen, Porzellan und andere zerbrechliche Dinge in den Händen gehalten, und habe nicht gemerkt, wie mich trotz der ganzen Reinlichkeit die Pilze befallen haben. Pilze des Überdrusses, Schimmelpilze, Flie-

genpilze, weiße Knollenblätterpilze, was weiß ich. Ich war krank. Du hast die Geschichte vielleicht schon gehört? Macht nichts!
Zwei Bier, bitte!, sagte Raimo zum Kellner und fuhr fort: Anfangs war mir nur übel. Was soll's. Wir müssen ja alle mal kotzen, habe ich gedacht. Ich habe die Folgen der Übelkeit nicht einmal geahnt. Und meine allerliebste Frau, sie hat es auch nicht geahnt. Sie am allerwenigsten. Ich erinnere mich an ihre zarten Brüste. Angst überfiel mich manchmal, wenn ich sie in meine Pranken schloss. Aber sie hatte meine Hände gerne. Hier und dort an ihren empfindsamsten Stellen. Eine gute Frau wäre sie vielleicht gewesen. Für einen guten Mann. Musste sie gerade mir über den Weg laufen? Glaubst du an das Schicksal? Trink doch noch was! Du bist also von deiner langen Reise zurückgekehrt. Treibst dich im Ausland herum. Hurst interkontinental und gegen nationale Interessen. Pfui Teufel, diese finnischen Mädchen im Ausland! Zu allem bereit und für alle Fälle vorbereitet. Soll ich weitererzählen?
Aber er wartete wieder nicht auf meine Antwort: Tränen habe ich vergossen, habe Gott auf den Knien gedankt für dieses Wunder von Weib, diesen Engel im Minirock, diese Frau, die meinem Leben einen Sinn gab, die mein Leben ändern sollte. Hat sie, hat sie auch.
Ich bin betrunken! Trink auch noch ein Glas! Hör zu! Anfangs habe ich viel gearbeitet. Sie beflügelte

meine Arbeit. Ich malte Porträts, ich malte Blumen auf den Bäumen und Vögel, die aus der Erde wuchsen. Sie liebte solche Bilder. So wie sie Servietten auf dem Tisch in der Farbe der Tischdecke liebte. Und die Frotteetücher im Badezimmer eine Nuance dunkler als die Kacheln. Die Teppiche Ton in Ton, sagte sie. Ton in Ton! Ich ließ sie wirken. Sie richtete eine Puppenwohnung ein, und ich dachte, lass sie machen. Wir sind keine Puppen, und eines Tages wird sie es wahrnehmen. Lass sie sich erst ausspielen. Kind einer armen Familie, das nie genug Spielsachen hatte. Und später eine eifrige Leserin von Frauenzeitschriften.
Zieh nie einen gestreiften Pulli zu einer karierten Hose an! Auflauf bitte in einer durchsichtigen Form servieren, damit die verschiedenen Schichten des raffiniert komponierten Gerichtes auch gebührend von den Gästen bewundert werden können. Das hielt sie für wichtig! Verstehst du?
Ich ließ sie herumhantieren und machte mich auf meinen Weg. Ich dachte, ich gehe erst nach Hause, wenn das Kind im Bett ist. Nein, nicht unser gemeinsames Kind. Ich meine sie.
Ich hatte mein Atelier, aber ein Atelier macht noch keinen Künstler. Ich saß vor der Leinwand und redete mit meiner Frau. Du hast jetzt genug gespielt, sagte ich. So kann ich nicht weiterleben. Ich habe Gedanken, die ausgesprochen werden sollen, ich habe Träume. Auf mich warten Bilder, die gemalt

werden müssen. Ich redete und redete, und von der Leinwand gab sie mir kluge, verständnisvolle Antworten.
Wenn ich nach Hause kam, sagte sie nur: Hast du dir die Schuhe abgeputzt. Heute liegt so ein grässlicher Schneematsch auf den Straßen.
Ich nahm einen Job bei der Zeitung an. Wir brauchten Geld. Von Bildern kann man kaum leben. Von ungemalten Bildern kann man überhaupt nicht leben. Ich gewöhnte mir eine lockere Sprache an, ging mit den Kollegen saufen, legte mich auf fremde Frauen und schrieb belangloses Zeug. Dafür wurde ich gut bezahlt.
Nachts quälten mich die ungeborenen Bilder. Sie träumte von einem Kind. Wir gaben Parties, lärmten bis tief in die Nacht, und ich erwachte morgens mit Kopfschmerzen. Ich war wie gelähmt. Ich kriegte die Beine nicht mehr aus dem Bett. Ich blieb einen Tag im Bett, ich lag den zweiten Tag, und wenn jemand mich sprechen wollte, sagte ich zu meiner Frau, sie solle sagen, ich sei nicht da. Und ich war wirklich nicht da. Kennst du das?
Geh zum Arzt, sagte sie. Ich bekomme Angst, wenn du nur im Bett liegst und nicht redest.
Also ging ich zum Arzt. Er verschrieb mir Antidepressiva, und wenn meine Beine nicht wollten, schob ich die Glücksmacher in den Rachen und stand auf. Mit zwei Fingern und einem breiten Lächeln schrieb ich meine Artikel über die Kom-

munalpolitiker und kicherte bei den gelungensten Gehässigkeiten. Ich war nicht mehr depressiv. Ich war zynisch.
Als ich es merkte – und Gott sei Dank merkte ich es –, setzte ich mich auf einen Stuhl in der Küche und heulte mich aus. Für die Zeitung schrieb ich nicht mehr.
Wovon sollen wir leben?, fragte sie.
Warte! Gib mir Zeit!, sagte ich.
Aber sie hat nicht gewartet. Sie bekam eine Stelle in dem Büro, in dem sie früher gearbeitet hatte. Sie stand morgens früh auf, um sich schön zu machen, wie sie es nannte.
Mir zitterten die Hände. Aber ich nahm keine Pillen. Tausende bissiger Ameisen krabbelten auf meiner Haut. Sie saß vor dem Spiegel und trug mit einem Stift Abdeckfarbe auf die geplatzten Äderchen um die Nase auf, strich mit sanften Fingerspitzen erst eine weiße, dann eine getönte Creme auf das Gesicht und auf den Hals. Mit einem kleinen Pinsel, der wie eine winzige Flaschenbürste aussah, färbte sie die Wimpern, zog zwei blaue Striche auf die Augenlider und tupfte feinen Puder sozusagen als Fixiermittel auf das Kunstwerk.
Du hast den Lippenstift vergessen, sagte ich zu ihr.
Ich benutze nie Lippenstift, sagte sie. Mit Lippenstift sehe ich wie eine Hure aus.
Sie setzte sich vorsichtig auf die Bettkante, fegte ein paar Ameisen von der Decke, strich über mein ver-

schwitztes Gesicht und sagte: Ich tue alles, damit wir die Wohnung, die Möbel und unsere Freunde behalten können.
Was haben die Möbel mit den Freunden zu tun?, fragte ich.
Sie lebte auf. Jetzt war ich ihr Kind. Sie wollte mir helfen. Sie würde aufpassen, dass ich nicht fiel und mir wehtat.
Wenn sie morgens die Wohnung verließ, setzte ich mich vor den Fernsehapparat. Ich sah die Werbung, die Spielfilme vom Vorabend, die Talkshows und die Kindersendungen an. Kurz bevor sie nach Hause kam, legte ich mich wieder ins Bett. Sie brachte Lebensmittel mit und kochte uns das Essen. Sie beschwerte sich nicht. Bald geht es dir besser, sagte sie, während sie die Koteletts in der Pfanne wendete.
Abends sah ich ihr beim Abschminken zu. Wimperntuscheentferner, Reinigungsmilch, Gesichtswasser, Nachtcreme, Antifaltencreme, Augenlidcreme. Mich fragte sie: Willst du nicht in die Badewanne? Soll ich dir nicht die Haare waschen? Musst du nicht mal deine Zehennägel schneiden!
Ich zog ins Gästezimmer. Ich badete in meinem Schweiß und suhlte mich in meinem Dreck. Ich hatte kranke Träume. Ich träumte von Fußpilzen, die sich vermehrten und zu roten Korallen wurden, die ich von den Füßen brach und ihr als Kette um ihren zarten Hals legte.
Ich flocht Zöpfe aus meinen Schamhaaren und bat

sie, mein Werk zu bewundern. Sie fand die Zöpfe geschmacklos.
Ich ging wieder zum Arzt. Ich ließ mir Vitamine spritzen, neue Pillen verschreiben. Ich stand am nächsten Morgen wieder auf, ging unter die Dusche und zog mich ordentlich an. Ich schlenderte durch die Stadt und landete in einer Kneipe. Ich ließ mich volllaufen und fuhr mit einem Taxi nach Hause.
Kotz bitte nicht in den Flur!, sagte sie.
Von jetzt an wird alles gut, lallte ich.
Das sehe ich, antwortete sie schnippisch.
Ich weiß nicht mehr, was noch alles gesagt wurde. Ich weiß nur, dass sie plötzlich auf dem Küchenboden lag, und ich versuchte, das Blut mit einem Geschirrtuch aufzufangen. Ich weiß auch, dass ich überlegte, ob ich das Geschirrtuch oder das Handtuch aus Frottee nehmen sollte.
Zuerst wurde ich in Untersuchungshaft gesteckt. Nach der Gerichtsverhandlung wurde ich in eine Klinik eingewiesen. Stark verminderte Schuldfähigkeit zur Tatzeit. Kein Mord. Ich weiß nicht, was geschehen ist. Sie war tot. Das haben sie mir gesagt, und ich habe es auch gesehen. Aber ich hätte meinen Augen und meiner Erinnerung nicht getraut, wenn sie es mir nicht immer wieder gesagt hätten.
Du trinkst ja gar nichts! Ja, das Leben ist seltsam, und das Sterben ist grausam.
In der Klinik fing ich wieder zu malen an. Kannst du dir das vorstellen? Riesige Bilder – überflutet von

einem mystischen Licht. Von einem sanften, leichten Licht. Kannst du dir ein graues Licht vorstellen? Ein Licht, das in jede Nische dringt?
Leere Räume habe ich gemalt, nur ein Strahl von diesem kaum wahrnehmbaren Licht wärmt die Wände, beleuchtet den schweren dunklen Boden.
Einige der Bilder hängen noch in der Klinik. Du kannst sie dir ja ansehen.
Du erzählst von deiner ersten Frau?, fragte ich.
Natürlich, von wem denn sonst! Selja lebt ja noch!
Aber seitdem ich draußen bin, male ich ohne Lust. Ich trage rote Farbe dick auf, modelliere mit meinen Fettfingern rote Höhlen und pinsele beliebig Striche auf die Leinwand.
Ich traue der Freiheit nicht. Ich fresse. Ich wundere mich, dass meine Haut noch nachgibt, sich ausdehnt.
Raimo leerte sein Glas und fragte: Und was treibt dich hierher?
Du hast mich doch angerufen!
Ich habe niemanden angerufen, sagte er. Ich rufe grundsätzlich niemanden an. Ich hasse Telefone. Vielleicht hast du von mir geträumt. Oder hast du keine Alpträume?
Ich sagte nichts. Er sah mich an und an mir vorbei, stand schwankend auf und sagte: Komm vorbei. Ich koche was Gutes. Mein Essen schmeckt, und ich koche Riesenportionen.
Du bist ja auch ein Riesenkerl, sagte ich.

Stimmt, Mädchen, sagte er und ging.
Als ich allein war, begann ich zu zweifeln, dass er auf dem Stuhl mir gegenüber gesessen, mir die Geschichte erzählt hatte. Vielleicht hatte ich sie selbst erzählt. Vielleicht hatte ich ihn erfunden. Ich war mir nicht sicher.
Die Leute um mich herum sprachen Finnisch. Das Bier in meinem Glas schmeckte finnisch, und der Senf war der süße finnische Senf. Ich war in Finnland.
Raimo hatte angerufen. Selja lag im Sterben. Selja wollte sterben. Raimo wollte Selja töten? Selja ging es nicht gut. Raimo ging es nicht gut. Mir ging es nicht gut. Raimo hatte seine Frau umgebracht. Sie war tot.
Und meine Mutter war tot. Sie wollte sterben.

Ich wasche mich und ziehe mich an. Es ist früh am Morgen. Meine Mutter wäscht sich nicht, und sie zieht sich nicht an. Gestern ist sie wieder nach Hause gekommen. Sie war lange weg. In einer psychiatrischen Klinik. Sie hatte Depressionen. Jetzt ist sie geheilt, und sie sitzt im Schlafzimmer und zieht die Schubladen ihrer Kommode auf. Sie wirft alles in den Ofen, was brennt, und alles, was nicht brennt, wirft sie in einen Abfallkorb.

Was machst du da?, frage ich von der Tür her.
Ich gehe fort, sagt sie.
Ich sehe sie wütend an oder eher verächtlich, vielleicht auch beides. Ich sehe sie an und sage: Du hast sieben Kinder. Meinst du nicht, dass es Zeit wird, dich weniger kindisch zu benehmen. Solltest du nicht an die Verantwortung denken, die du deinen Kindern gegenüber hast? Schau dich doch im Spiegel an, du bist eine erwachsene Frau, sage ich. Alt und klug wie ich bin. Neunzehn, und kurz vor meiner Reifeprüfung.
Ich jedenfalls fahre zu Selja. Hier kann man nicht lernen. Ich muss noch lernen. Für das Abitur. Ich will bestehen!
Sie sieht von ihren Papieren und Nichtpapieren hoch und sagt: Ich brauche nicht in den Spiegel zu schauen. Ich kenne mich. Du wirst dich noch kennen lernen müssen, sagt sie, und ich gehe, und seitdem hat sie kein Wort mehr mit mir gesprochen.
Ich fahre mit dem Bus zu Selja.

Ich war gekommen, um Seljas Leben zu retten. Das Leben meiner Mutter hatte ich nicht retten können.

Ich besuche meine Mutter in der psychiatrischen Klinik. Zu der Klinik gehören viele alte Gebäude. Männer und Frauen sind in getrennten Häusern untergebracht. Zwischen den Häusern der Frauen und den Häusern der Männer steht ein hoher Zaun.

Meine Mutter teilt das Zimmer mit einer Frau, die in der Klinik ist, weil sie sich auszieht und nackt auf die Straße läuft. Meine Mutter lächelt, als sie es mir erzählt. Ich frage sie nicht, warum sie lächelt. Ich frage nicht, warum die Frau sich auszieht. Ich will nicht zu viel wissen über diese Menschen.
Ich bekomme Elektroschocks, sagt meine Mutter. Ich habe Angst vor der Behandlung.
Aber sie sagt nicht, warum sie Angst hat, sie beschreibt die Elektroschocks nicht.
Sie nimmt mich mit zum Rauchen auf die Toilette. Die Frauen sind grau im Gesicht, die Haut ist aufgedunsen und teigig von den Medikamenten. Sie sind hässlich. Ich übernachte in einem Gästezimmer. Meine Mutter sitzt am Abend bei mir und versucht zu plaudern. Ich wünsche, sie würde gehen. Sie ist mir fremd und unheimlich. Sie ist mir immer ein wenig fremd gewesen. Sie spürt, dass ich ihr nicht richtig zuhöre, dass ich nicht richtig zu ihr gehöre. Als sie mir gute Nacht sagt, sind ihre Augen groß und dunkel wie Kinderaugen.
Ich liege im Bett und höre mir die Rufe von der Männerseite an. Ich weiß nicht, ob sie nach Frauen schreien, nach Liebe, nach dem verlorenen Verstand oder danach, nichts mehr verstehen zu müssen.
Ich denke an meine Mutter, die in ihrem Bett liegt und sich die Schreie anhört. Denkt sie an die Verzweiflung der Männer, an ihre eigene, oder denkt sie an den hohen Zaun zwischen den Frauen- und

den Männerhäusern, oder denkt sie an die Wände, die uns trennen: die Mutter und das Kind.
Am nächsten Tag fahre ich wieder nach Hause. Sie wünscht mir alles Gute, trägt mir Grüße an die anderen Kinder auf und drückt mich fest an ihre Brust. Sie hat abgenommen, und sie ist stolz darauf. Vielleicht hat sie angefangen zu rauchen, um abzunehmen.
Ich befreie mich schnell aus ihrer Umarmung. Als ich im Bus sitze, habe ich ein schlechtes Gewissen wegen der Worte, die ich nicht gesagt, wegen der Liebe, die ich ihr nicht dort gelassen habe. Ich nehme das Philosophiebuch *Große Denker* aus der Tasche. Das Philosophiebuch gehört Selja. Sie hat einige Sätze an den Rand geschrieben. Die meisten Notizen stehen bei Descartes und Kant. Unter dem Bild von Kierkegaard steht nur: *ein schöner Mensch*. Ich denke über Kierkegard nach. Ich will nicht über Elektroschocks nachdenken und mir keine Gedanken über meine Mutter machen. Die Ärzte wissen nicht, was sie hat, was ihr fehlt. Wie soll ich es dann wissen.
Ich schreibe in der Schule Selja einen pathetischen Brief über den Klinikbesuch.
Sie antwortet: Du machst mich verrückt mit deinen eitlen Adjektiven. Du bist verzaubert von deinem Narzissmus und denkst, dass die Liebe schön und edel aussieht. Das stimmt nicht. Aber du willst es nicht begreifen. Ich weiß nicht, wie ein Mensch aussehen oder sein soll, damit man ihn lieben kann.

Ich weiß nicht, ob ich jemanden lieben kann. Aber ich stelle keine Bedingungen. Für die Liebe kann es keine Bedingungen geben.

Am nächsten Morgen wachte ich mit leichten Kopfschmerzen in meinem Hotelzimmer auf. Ich frühstückte und ging zur Bücherei.
Die alte Bücherei gab es nicht mehr. Es gab eine neue. Aber sie hatte nicht geöffnet. Früher war die Bibliothek nie geschlossen.

Immer wenn ich komme, ist die Tür offen. Am Ende des Flurs sitzt eine ältere Frau, die kurz aufsieht, wenn sie den Luftzug spürt. Dann liest sie weiter. Links stehen die Romane, rechts die Sachbücher. Sie riechen alle gleich. Nach Leder, Papier, Staub und nach wunderbaren Geheimnissen. Und nach der Zeit, als es noch den chinesischen Kaiser gab, der sieben Söhne hatte, und die Erde von sieben Sonnen beschienen wurde.
Alle Söhne des Kaisers waren gute Schützen. Um ihre Treffsicherheit mit Pfeil und Bogen zu demonstrieren, schossen sie auf die Sonnen. Der älteste Sohn traf die erste Sonne, sie fiel vom Himmel und erlosch. Der zweitälteste traf die zweite Sonne. Sie fiel und erlosch. Auch der dritte, vierte, fünfte und der

sechste Sohn schossen eine Sonne herunter. Da es auf der Erde immer dunkler wurde, verzichtete der jüngste Sohn darauf, sein Können unter Beweis zu stellen. Somit blieb die Erde vor völliger Dunkelheit verschont.
Später erfuhr ich, was geschieht, wenn eine Seejungfrau das Meer verlässt und auf der Erde nach Liebe sucht. Jeder Schritt tut ihr weh wie ein Messerstich. Und als sie bei dem Geliebten ankommt, ist es zu spät. Er feiert gerade seine Hochzeit mit einer anderen.
Die Gedichte preisen die Schönheit und die Ruhe der Natur, das Suchen, Sichirren und Sichfinden der Menschen. Ich suche die Poesie und hänge meinen Träumen ihre Worte um.
Selja schleppt historische Romane in ihr halbes Zimmer. Tausende von Seiten, hunderte von Jahren. Sie strahlt, glücklich über die viele Zeit, die sie in ihrer Tasche trägt. Ein paar Jahre lang fühlt sie sich zu Hause in der Welt der wortgewandten Freundschaften, der edlen Gefühle und der Intrigen der adligen Gesellschaft.
Mich machen *Die Elenden* von Victor Hugo die Buchseiten lang zur Vorkämpferin aller Unterdrückten.
Gott will ich auch entdecken. Er kann doch keine Erfindung sein, wenn so viel über ihn geschrieben steht. Selja hält nichts vom Glauben an heilige Schriften.

Dann gibt es die Zeit, in der ich die Bücher und ihre Wahrheiten meide. Ich will nichts mehr von toten Buchstaben wissen. Es gibt kein Buch, in dem ich Antwort auf meine Fragen finde. Denke ich.
Selja sucht keine Antworten. Sie fragt auch nicht. Sie sucht Bilder. Sie geht ins Kino. Sie sucht das Leben, das außerhalb ihres eigenen stattfindet. Sie will nichts beeinflussen. Sie will nur zuschauen.
Ich greife wieder zu Büchern. Ich suche Sätze. Wörter. Den Mann. Die Frau. Das Kind. Die Geschichte. Den guten Mann, die gute Frau, das gute Kind, den bösen Mann, die böse Frau, das böse Kind. Aber immer die gute Geschichte.
Ich liebe die Dichter, die durch den Schleier der Liebe in die Welt blicken. Ich suche die Träumer, um selbst in Ruhe schlafen zu können.
Als ich siebzehn bin, schreibe ich in mein Tagebuch ein Zitat von Nietzsche: *Früher hattest du wilde Hunde in deinem Keller, aber am Ende verwandelten sie sich zu Vögeln und zu zarten Sängern.*
Selja mag keine zarten Sänger. Sie misstraut ihnen. Sie liebt die Grausamen. Sie liebt Degen, Schwerter und Pistolen. Sie liebt offene Wunden und den *Schrei* von Edward Munch.
Als ich für Dostojewski schwärme, liest Selja Strindberg. Als ich Walt Whitman zitiere, entdeckt sie Baudelaire. Als ich mich mit ihr über *Der Fall* von Camus unterhalten will, sieht sie mich verächtlich an und zeigt auf ihre Lektüre: *Der Ekel* von Sartre.

Als ich mit den Gedichten von William Blake ankomme, ist sie in die Geschichten von Edgar Allen Poe vertieft. Für Gedichte interessiert sie sich nicht mehr.
Ich notiere in mein Tagebuch Lieblingsgedichte oder nur einige Zeilen von ihnen. Selja schreibt kein Tagebuch.
Wir reden nicht mehr über Nietzsche, nicht mehr über Schopenhauer, nicht über Paul Elouard, Pentti Saarikoski oder Albert Camus. Wir lesen. Jede für sich.
Die Zeit der Liebe, der Liebesgedichte und der Liebesgeschichten kommt, und ich vergesse die pessimistischen Philosophen.
Einmal sage ich zu Selja, ich könne ohne die Gedichte von Edith Södergran nicht leben. Sie lächelt spöttisch. Aber weil es das Buch in den Buchhandlungen nicht zu kaufen gibt, klaut Selja den Gedichtband von Edith Södergran für mich aus der Bücherei.
Es ist das einzige Buch, das ich mitnehme, als ich Finnland verlasse.
Ich liebe Bücher, weil mir die Menschen außerhalb der Bücher fremd vorkommen und ich das, was sie tun oder ungetan lassen, oft nicht verstehen kann. Selja liebt Bücher, weil sie die Menschen langweilig findet. Sie misstraut jeder Normalität. Als sei Normalität eine Krankheit.

Ich trank einen Kaffee und aß zwei Stück Kuchen in einem Café. Ich lauerte darauf, bekannte Gesichter zu entdecken. Doch die Kaffeetrinker gehörten alle der jüngeren Generation an. Es hätten die Kinder früherer Mitschüler sein können.
Ich hätte gerne einen Tango aus der Musikbox ausgewählt und angehört. Aber ich schämte mich meiner Vorliebe für Tangos vor den Kindern der Bekannten oder Unbekannten. Ich ging hinaus.

Die Stadt hat eine Flussseite und eine Bahnhofsseite. Die Bahnhofsseite folgt der Zeit. Dort sind die großen Häuser und Hotels gebaut worden. Dort stehen die Supermärkte, erstrecken sich die breiten Straßen, über die die jungen Männer mit großen amerikanischen Autos fahren, um der Eintönigkeit der Tage und Nächte in der Kleinstadt zu entfliehen. Auf der Flussseite hatte sich nicht viel verändert. Ein paar Häuser waren abgerissen worden, und die leeren, von Brennnesseln überwucherten Grundstücke wirkten wie vergessene Grabstätten zwischen den roten, gelben, grünen und blauen Holzhäusern. Auf der Flussseite spürte man die Nähe des Meeres. Es war noch nicht der Geruch des Meeres, es war auch nicht der Wind, es war das Wissen um seine Nähe, die einem das Atmen leichter machte. Ich fotografierte den Hinterhof eines roten Hauses. Ein weißer Fliederbusch blühte neben dem Eingang. Eine alte Frau saß auf den Stufen. Sie hob ihre Hand

zum Gruß und sagte: So wird man verewigt, ob man es will oder nicht.
Ich mochte diese Holzhäuser. Ich hatte sie schon in allen Teilen Finnlands fotografiert, nur nicht in meiner Heimatstadt. Hier hatte ich sie bisher kaum wahrgenommen. Hier zählte immer nur das, was in den Häusern geschah. Jetzt war ich eine Fremde. Ich wollte nicht das Innenleben der Häuser kennen lernen, ich wollte nur die Fassaden sehen, die Wände, die das Leben in den Häusern vor neugierigen Blicken schützten.
Ungeschützt und für alle Augen sichtbar lag der Ausstoß in den Antiquitätengeschäften und Trödelläden. Es gab viele von ihnen.
In einem blauen Holzhaus entdeckte ich einen Laden der Heilsarmee. In den Schaufenstern waren religiöse Bücher ausgestellt, alte Postkarten, alte Haushaltsgeräte, alte Kleidung und altes Spielzeug.
Ich stieg die Stufen hinunter. Es war ein Kellergeschäft. In dem fahlen Licht wirkten die ungeschminkten Gesichter der Verkäuferinnen hässlich und leblos. Sie sprachen miteinander in einem wehleidig sanften Ton. Sie versteckten sich in der Dunkelheit wie Asseln, und warteten geduldig auf den Tag, an dem der Himmel seine schmalen Tore öffnete und sie in das ewige Licht aufnahm. Für die langen Tage des Wartens hatten sie sich das Erbarmen als Uniform angezogen und glaubten sich geschützt bis zum Jüngsten Tag.

Ich sah den Karton mit den Postkarten durch und fand ein Foto der alten Holzkirche. Sie war abgebrannt, als ich noch ein Kind war.

Kommt Kinder, seht euch das an!, ruft mein Vater. Die Kirche brennt! Schnell ziehen mein älterer Bruder und ich uns an. Es ist bitterkalt, mitten im Winter. Die Flammen erleuchten den Himmel, in der Mitte der Stadt, dort wo die Kirche brennt, entsteht eine Kuppel aus Purpur und Violett. Der Schnee knirscht unter unseren Schuhen. Vater macht lange Schritte.
So was, da brennt doch unsere schöne Kirche zu Schutt und Asche, sagt er bekümmert. Aber ich höre hinter seinen Worten eine Aufregung, die nichts mit Traurigkeit zu tun hat.
Wo sollen wir jetzt unsere Frühlingslieder singen?, frage ich meinen Vater.
Im Boot, wenn wir aufs Meer fahren, sagt er.
Da hallen sie aber nicht so schön wie in der Kirche.
Da werden sie aber auch nicht festgehalten, meint er. Der Wind wird sie über alle Meere tragen!, behauptet er stolz, als würden ihm alle Meere gehören.
Das Boot meines Vaters ist unsere Wiege. Sie riecht nach Dieselöl und Petroleum. Das Meer ist übersät mit silbernen Fischschuppen. Mein Vater steht in der Mitte des Bootes. Zwischen seinen Schenkeln sehe ich ein Dreieck des Himmels und meine Mutter, die hinten im Boot sitzt, den Kopf gegen den Wind hält und das Gesicht zur Sonne wendet. Wir

Kinder liegen auf dem Boden des Bootes und träumen von den Pfeilen, mit denen wir eines Tages den Vogel des Glücks herunterschießen werden.

Ich kaufte die Postkarte mit dem Bild der alten Kirche und ein paar Engelglanzbilder.
Die Engel sind doch immer wieder schön, sagte die Verkäuferin, bei der ich an der Kasse bezahlte. Die ganze Welt ändert sich, aber die Engel bleiben, wie sie schon immer waren.
Ja, goldgesprenkelt und von den Wolken herabschauend, sagte ich.
Der Himmel ist ihr schönes Zuhause, sagte sie und lächelte selig, als ginge sie im Himmel ein und aus.
Mir fiel eine kleine Szene ein. Mein Mann, unser kleiner Sohn und ich machten Urlaub in Finnland. Mein Vater wollte uns in einem Ferienhaus unterbringen, das dem Unternehmen gehörte, in dem er arbeitete. Wir gingen alle zusammen in das Büro auf dem Fabrikgelände. Mein Vater lehnte sich lässig an die Theke und sagte der hübschen Angestellten, halb flirtend: Hör mal, Mädchen, ich habe Besuch aus Deutschland, wir brauchen für zwei Wochen eins deiner schönsten Holzhäuschen.
Die junge Frau sah ihn eisig an und antwortete: Für dich gibt es kein Häuschen. Du hast beim letzten Aufenthalt deinen ganzen Dreck dort gelassen. Du weißt ja, dass die Häuser sauber gemacht werden müssen.

Mein Vater errötete, drehte sich auf dem Absatz um, und wir verließen das Büro. Es fiel mir schwer, ihn anzuschauen. Ich schämte mich für ihn, aber er tat mir auch Leid, weil ich Zeugin seiner Demütigung geworden war. Mein Mann und der Sohn hatten kein Wort der Unterhaltung verstanden. Ihnen sagte ich, es wäre kein Haus für uns frei gewesen.

Ich genoss die Sonne draußen. Auf dem Bürgersteig fraß ein dicker Kater eine Drossel, und die Möwen kreisten über dem Marktplatz. Fischgeruch wehte zu mir herüber. Ich spazierte den Fluss entlang. Auf den Bänken saßen Rentner in weißen Hemden und in gebügelten Hosen. Und Penner und verwahrloste Rentner. Durch den Zusammenbruch der Sowjetunion war der wirtschaftliche Aufschwung Finnlands jäh unterbrochen worden. Die Depression ist in Finnland zwar eine Lebensart und nicht ein Ausnahmezustand. Aber eine Wirtschaftsdepression hemmt die Möglichkeiten, die eigenen Depressionen auszuleben. Unterdrückte Depressionen sind lebensgefährlich. Für einen selbst und für die anderen. Sie machen aggressiv. Ich konnte die Aggressivität sogar an der Art erkennen, wie die Plastiktaschen der Alkoläden getragen wurden. Als enthielten sie Bomben und nicht die Flaschen des Sichnichtmehrentsinnens.

Ich setzte mich auf eine Bank neben einen alten Penner.
Schlechte Zeiten für Finnland, sagte ich und lächelte.
Ich trug deutsche Währung in der Tasche.
Er würdigte mich eines Blickes aus wasserhellen Säuferaugen und meinte: Kann sein. Kann mich aber nicht erinnern, dass die Zeiten je gut für unsereinen gewesen wären.
Ich sagte nichts darauf. Ich schloss die Augen und ließ die finnische Sonne mein Gesicht erwärmen.
Die dort, sagte der Mann nach einer Weile, denen macht es was aus, wie die Zeiten sind.
Ich öffnete die Augen. Sein Daumen zeigte auf ein großes Hotel hinter der Brücke.
Die Geschäfte laufen schlecht. Aber wenn man keine Geschäfte hat, können die weder schlecht noch gut laufen. Es läuft einem nichts mehr davon. Nur noch die Lebenstage. Hat der Gorbatschow dir auch den Stuhl unterm Hintern weggezogen?
Ich schüttelte den Kopf.
Hast du etwas Geld?
Ich nickte.
Dann tu mir einen Gefallen und lauf in den Alkoladen. Du hast jüngere Beine. Ich leiste dir dafür Gesellschaft. Und du kriegst auch einen Schluck ab. Von mir aus die Hälfte der Flasche! Das ist doch ein faires Angebot.
Wo ist denn hier ein Alkoladen?, fragte ich.

Was, das weißt du nicht? Aber das Polizeipräsidium kennst du doch wohl?
Ich nickte.
Na also! Du gehst bis zur Polizeistation, und dann siehst du schon die wundervollen grünen Buchstaben *ALKO* dir entgegenleuchten. Mach schnell. Ich kriege verdammt Durst!
Ich beeilte mich. Ich kaufte zwei Flaschen von einem süßen finnischen Wein mit dem Namen *Karelia*.
Als ich zurückkam, saß Selja auf der Bank.
Wir umarmten uns nicht. Wir wollten uns bei der Begegnung in die Augen schauen. Seljas Augen waren trübe.
Es geht mir nicht sehr gut, sagte sie.
Ich setzte mich neben sie und entkorkte die Flasche.
Hei, wollt ihr ohne mich feiern? Man kann ja nicht mal in Ruhe pinkeln!, rief der Penner. Er kam aus den Büschen.
Er fingerte noch mit einer Hand an seinem Hosenschlitz, mit der anderen griff er nach der Flasche.
Wir tranken alle einen Schluck.
Erzähl bitte Raimo nichts von unserem kleinen Fest, sagte Selja. Er weiß nicht, dass ich trinke.
Das kannst du nicht verheimlichen, Mädchen, lallte der Penner. Du kannst vieles für dich behalten, aber heimlich trinken kannst du nicht.
Schön, dass du hier bist, sagte Selja zu mir.
Ich habe dich schon im Supermarkt gesehen, sagte ich.

Ich dich auch, sagte sie.
Der Penner legte seinen Arm um Seljas Schulter und sagte: Dieses Mädchen ist meine Freundin. Sie hat immer ein gutes Wort für mich übrig. Und ein paar Mark für eine Flasche. Sie schläft selbst manchmal unter der Brücke und im Graben, auch mal unter frischen weißen Bettlaken im Krankenhaus. Aber dann geht sie wieder zurück zu ihrem Alten, der Bilder pinselt und für viel Geld verkauft. Wenn er ein Bild verkauft hat, gibt meine Freundin einen aus.
Selja griff nach der Flasche.
Sollen wir gehen?, fragte ich.
Wohin?, fragte sie.
Der Penner amüsierte sich. Ja, wohin?, wiederholte er. Hier ist es doch schön. Die Sonne scheint, und bald ist Johannisnacht. Da wird getanzt, Mädchen. Und dieser Ausländerin bringen wir jetzt erst mal ein paar finnische Sitten bei!

Wir tranken gemeinsam die Flaschen leer. Selja und ich umarmten uns.
Ich werde nie vergessen, dass du mich nicht vergessen hast, lallte Selja.
Dann stieg sie auf ihr Fahrrad und fuhr gefährlich schwankend davon. Der Obdachlose suchte sich einen bequemen Platz unter einer Birke und legte sich zum Schlafen hin.
Ich saß noch eine Weile auf der Bank und sah auf den Fluss.

Ich summte ein Lied über das Leben der Birkenblätter, ein Wiegenlied der Wellen. Ein Lied der Freundschaft. Von der Treue der Treulosen. Von dem Mädchen mit dem roten Schal, und von dem langen Laufen über die Erde, von den Espen, die sich vor Lachen schütteln, und von den Tränen, die auf den Grashalmen zittern, vom langsamen Rudern auf dem Wasser, von dem Warten auf Wunder, die aufgehen wie die Blüten der Seerosen, die von niemandem gepflückt werden, weil sie in keiner Vase Halt finden.

Am Abend rief ich meinen Mann an.
Was machst du eigentlich dort?, fragte er.
Das weiß ich nicht, sagte ich.
Er sagte nichts. Und ich sagte: Sprich etwas lauter, ich habe dich nicht verstanden.
Er lachte. Aber sein Lachen klang nicht fröhlich.
Ich glaube, es war schon wichtig, dass ich gefahren bin, sagte ich mit Nachdruck.
Für wen?, fragte er.
So kann ich mit dir nicht reden, sagte ich.
Und er sagte, er verstehe, dass das für mich wichtig sei, und ich solle das tun, was für mich wichtig sei und er könne das verstehen.
Aber wir wussten beide nicht, was das «Das» war, worüber wir sprachen.

Auslandsgespräche sind teuer, sagte die Frau an der Rezeption.
Ich nickte und ging die Treppe hoch.
Haben Sie Ihre Freundin gefunden?, rief sie mir nach. Wahrscheinlich wurde sie allmählich neugierig auf den Grund meines Aufenthaltes.
Ich hatte nichts zu verkaufen. Ich kam und ging allein. Niemand aus der Stadt fragte nach mir, besuchte mich, und bei meinen Telefonaten in der Rezeption sprach ich deutsch.
In der Nacht hatte ich Alpträume, und ich war froh, dass ich mich nicht an alle Einzelheiten erinnern konnte. In einem Traum besuchte mich unser Sohn. Ich wachte auf mit brummendem Kopf und schlechtem Gewissen.
Ich nahm mir vor, die Mutter einer Schulfreundin zu besuchen. Bei ihr wusste ich, was mich erwartete.

Sie wohnte in einem der schönsten Holzhäuser der Stadt.
Ein hoher Holzzaun schirmte das Haus und den Garten von den anderen Häusern und Gärten ab. Früher hatte hinter dem Gartentor ein großer schwarzer Hund gestanden, ein Riesenschnauzer, der alle ungebetenen Gäste fortjagte.
Die Gardinen vor den Fenstern waren zugezogen. Vielleicht lebte die Mutter meiner Schulfreundin nicht mehr. Sie war bei Siws Geburt nicht mehr jung gewesen. Sie musste jetzt weit über siebzig,

vielleicht achtzig Jahre alt sein. Ich wusste es nicht genau. Ich zog an der Glocke, die neben der Pforte hing, und trat ein paar Schritte zurück. Eine Gardine bewegte sich. Ich erblickte ihr Gesicht. Sie entdeckte mich, wusste aber wohl nicht, wer ich war. Ich sah sie die Stirn runzeln, dann formten die Lippen Worte. Ich glaubte zu verstehen, dass sie *vänta litet* sagte – warte einen Moment.

Die Familie war schwedischer Herkunft. Mit ihren finnischen Freunden sprachen sie finnisch. Nur wenn sie sich etwas Familiäres zu sagen hatten, wechselten sie die Sprache.

Ich wartete eine ganze Weile. Dann hörte ich ein Schlurfen auf dem Gartenweg. Die Schritte waren schwerfällig geworden. Sie hatte einen leichten Gang gehabt, der zu ihrem vogelhaften Wesen passte.

Sie öffnete die Pforte und steckte den Kopf heraus. Ich sagte meinen Namen. Ein erstauntes, erfreutes Lächeln hieß mich willkommen. Ich wollte sie umarmen, aber plötzlich genierte ich mich, und reichte ihr nur die Hand. Ich hatte schon als Kind Hemmungen ihr gegenüber gehabt. Sie war die Tochter einer deutschen Adligen und eines schwedischen Offiziers. Ihr Mann war ein Künstler und Professor gewesen, und sie verkehrten in Kreisen, die ich nur aus Büchern kannte. Ihren Mann hatte ich nicht mehr kennen gelernt, nur seine Gemälde, seine Frau und ihre zwei Kinder, meine Schulfreundin Siw und ihren älteren Bruder Tom.

Komm doch, komm doch, sagte sie und zog mich an der Hand.
Ein Teil der Apfelbäume war gefällt, und der Holzpavillon stand nicht mehr im Garten.
Die Bäume waren zu alt, sie trugen keine Früchte mehr, sagte sie, als ich mich umsah.
Auf der Veranda blühten Geranien in Blumenkästen. Eine deutsche Sitte, dachte ich. In Finnland stellt man sie in Blumentöpfe. Aber vielleicht hatte sich auch das geändert.
Komm doch, komm doch, sagte sie, weil ich auf der Veranda stehen blieb. Sie führte mich ins Wohnzimmer. Ich atmete tief ein. In diesem Zimmer hatte sich nichts verändert. Es duftete immer noch nach Orangenmarmelade und nach poliertem Holz. Die alten dunklen Möbel, die ich immer bewundert hatte, standen noch an ihrem Platz. Das Klavier an einer Wand, in einer Ecke die Vitrine aus Rosenholz mit den vielen Kostbarkeiten: zarten blauen Mokkatassen mit Goldrand, Bonbonieren aus Kristall, dem Milchkännchen und der Zuckerdose mit dem Rosenmuster. Und meine Lieblingsporzellanfiguren, der Tänzer in der schwarzen Hose, mit dem roten Gürtel um die Taille und die Tänzerin in einem luftigen hellen Kleid, auf dem zarte Blumen blühten. Ich hatte mich schon damals über das Porzellanpaar gewundert. Sie passten nicht zueinander. Er sah aus wie ein Pirat, und sie schien einem von Botticellis Gemälden entstiegen zu sein.

Ich kann mich noch gut an diese zwei Figuren erinnern, sagte ich.
Du wolltest sie nie anfassen, du hattest Angst, sie könnten herunterfallen und zerbrechen. Möchtest du sie jetzt in die Hand nehmen?, fragte die alte Dame.
Ich schüttelte den Kopf. Ich habe immer noch Angst, sie kaputtzumachen.
Sie lachte vergnügt. Ich werde uns einen Kaffee kochen, und dann musst du mir etwas erzählen. Ich weiß gar nichts von dir. Ich habe nichts mehr von dir gehört, seitdem du weggingst, um zu studieren.
Ich setzte mich dem Selbstportrait des Malers und Professors gegenüber. Er blickte streng und ein wenig überheblich auf mich herab.
Auf dem Tisch lag eine handgearbeitete Spitzendecke. Und die Polster der Stühle waren mit einem glänzenden Stoff bezogen, altrosa, mit üppigem weißen Rosenmuster. Solche Stühle hatten für mich damals «Deutschland» bedeutet. Solche Stühle, das Porzellan, das Klavier und das silberne Kaffeekännchen. Im Hintergrund ein wenig Musik, Mozart, Beethoven und natürlich Bach.
Aber keine finnischen Tangos.

In so einem Haus will ich auch eines Tages leben, sage ich zu Selja. Umgeben von schönen Bildern, schönen Möbeln und schönen Gegenständen.
Selja wird nur einmal in das Haus eingeladen. Sie

klaut einen Silberlöffel. Sie will mir den Löffel schenken. Ich heule. Jetzt kann ich mich nie wieder dort blicken lassen. Sie zuckt die Schultern und sagt: Wieso nicht? Du hast ihn ja nicht geklaut.
Aber es fragt auch niemand nach dem Löffel. Vielleicht haben sie gar nicht gemerkt, dass er fehlt.

Ich backe noch selbst, sagte Siws Mutter. Magst du immer noch so gerne Kuchen?
Ich nickte.
Sie legte mir ein Stück Apfelsinentorte auf den Porzellanteller und dann ein Stück auf ihren Teller. Sie hatte das Gesicht einer Frau, die sich nie auf Leidenschaften, Gier oder Sucht eingelassen hatte. Sie wird um diese Dinge wissen, so wie man erfährt, dass es irgendwo auf der Welt Erdbeben, Überflutungen und Hurricans gibt, bei denen Menschen umkommen und Häuser einstürzen. Aber sie selbst schien von all dem unberührt geblieben zu sein.
Und wo lebst du jetzt, in Helsinki?, fragte sie.
In Deutschland!
Sie stellte ihren Teller weg und hielt die Hand vor den Mund, um einen Ruf des Entzückens zu dämpfen.
Oh, seufzte sie. Das ist ja das Land, in dem meine Mutter geboren ist!
Ich weiß, sagte ich.
Ich bin nur einmal dort gewesen. Auf einer Urlaubsreise mit meinen Eltern. Es ist schon so lange her.

Wir waren in Heidelberg. Ein reizendes Städtchen. Mit einem schönen Schloss. Sie lächelte verträumt und sagte dann: Du bist immer gerne zu uns gekommen. Und du warst immer willkommen.

Selja huscht durch das Zimmer. Sie trägt ein rotes Halstuch. Du darfst hier nicht hin, flüstere ich ihr zu. Du weißt ja, der Silberlöffel! Sie sieht mich an und hebt die Augenbrauen. Sie geht raus. Und wartet auf mich draußen vor der Pforte.

Ich beschrieb der alten Dame mein Leben in Deutschland, als seien die Jahre dort wie eine lange Tafel köstlicher Desserts gewesen. Dass ich die Götterspeisen und Schaumcremes mit in der Kehle brennenden Getränken herunterspülen musste, verschwieg ich ihr.
Ich erzählte ihr von meinem Mann und von unserem Sohn, von den Mänteln der Liebe, die mich vor der Kälte schützten.
Sie sagte: Ich bin einsam, nachdem die Kinder so weit weggezogen sind. Ich gehe oft zum Friedhof und unterhalte mich mit den Verstorbenen.
Sie zählte mir einige auf, die nicht mehr am Leben waren. Dann fragte sie mich nach dem Grund, warum ich in die Stadt gekommen war.
Ich besuche meine Freundin Selja, sagte ich.
Ach ja, Selja hieß sie, sagte sie. Ich habe sie mal in der Stadt getroffen. Sie ist sehr alt geworden. Von

dem kleinen Mädchen, das ich oft mit dir zusammen sah, ist nicht viel übrig geblieben.
An der Wand hing ein Portrait der alten Frau als junges Mädchen. Ihr Mann hatte es gemalt. Von diesem Mädchen war viel übrig geblieben. Weder Arbeit noch Arbeitslosigkeit, weder Sucht noch eine andere Krankheit, weder Sorgen noch Verzweiflung hatten die Gesichtszüge des jungen Mädchens zerstört. Die Haut war faltiger und durchsichtiger geworden, aber ihre Augen waren klar, und ihre Hände zitterten nicht, als sie den Kaffee einschenkte und die Kuchenstücke auf die Porzellanteller legte.
Sie war wie die Glasvitrine aus Rosenholz. Voller kleiner Kostbarkeiten, die niemand wirklich braucht, aber jeder zu schützen versucht. Und sei es nur dadurch, dass man sie erst gar nicht anfasst.
Ich wurde unruhig. Irgendwo draußen war Selja.
Ich erkundigte mich noch nach Siw.
Sie hat sich von ihrem ersten Mann getrennt, sagte sie. Die Ehe war nicht gut. Siw ist ja Lehrerin geworden, wie du vielleicht weißt. Sie lebt schon lange nicht mehr hier. Sie ist in der Stadt geblieben, in der sie studiert hat. Sie unterrichtet Deutsch und Englisch in einem Gymnasium. Mich besucht sie nur selten. Ihre ganze Freizeit gehört ihrer großen Liebe, ihrem Pferd. Pferde bleiben einem immer treu, sagt Siw.
Ich aß noch ein Stück Apfelsinentorte und verabschiedete mich dann.

Man hat uns einen schönen Sommer versprochen, sagte sie.

Ich schrieb meinem Mann einen Brief.
… auf keinem Fall will ich von Mauern, wie rosenberankt und schön auch immer, umgeben sein, die mich davor schützen, Dinge wahrzunehmen, die ich nicht wahrhaben will. Verstehst du, was ich meine?

Die Türen der Schule waren nicht verschlossen. In der Aula begegnete ich einem Mann. Vielleicht war er der Hausmeister.
Suchen Sie jemanden?, fragte er.
Das kleine Mädchen, das ich einmal war, antwortete ich lächelnd.
Sie sind hier zur Schule gegangen?
Ich nickte.
Schauen Sie sich ruhig um. Es hat sich einiges verändert. Vor zehn Jahren ist die Schule renoviert und erweitert worden. Aber vielleicht finden Sie noch eines Ihrer Klassenzimmer. Die Klassen stehen leer. Wir haben ja Sommerferien.
Ich hörte meine Schritte auf dem Flur und gleichzeitig die Schritte von dreißig, sechzig, hundertzwanzig Kindern, die den Gang entlangliefen. Vor

der Klasse 3b blieb ich stehen. Keine Jacken und Mäntel hingen an den Haken.

Ich öffne die Tür und gehe zu der Reihe neben dem Fenster. Ich setze mich an den letzten Tisch. Vor mir sitzt Selja.
Sie dreht sich um und flüstert: Wir haben eine neue Deutschlehrerin.
Guten Tag, ich bin eure neue Deutschlehrerin, sagt die Frau. Sie schließt die Klassentür, und sieht dabei aus, als sei eine Falle zugeschnappt. Nervös ist sie. Sie sieht uns nicht in die Augen. Ihre Hände zittern. Sie stellt sich ans Fenster, den Stock in der Hand. Sie hält ihn wie ein Schwert, und ihre Hände zittern stark. Wir sehen ihren Händen zu. Starren auf das Gesicht. Auf den Mund, oder auf das, was davon zu erkennen ist. Sie hat die Konturen der Lippen mit zwei ungleichen Lippenstiftstreifen nachgemalt. Um die Augen hat sie blaue Farbe verteilt, dazwischen liegen die Spiegel der Seele, getrübt, unklar für unsere Blicke. Von den Falten des Gesichts scheint ein wenig Puder herunterzurieseln. Selja sieht mich an. Sie ist bekümmert. Die Klasse füllt sich. Die anderen Kinder kommen. Dreißig Paar Augen sehen ihren Händen zu. Starren auf ihr Gesicht.
Die Lehrerin spricht. Ihre Stimme zittert. Sie verliert eine Silbe, einen Buchstaben, ein Wort. Wir merken es. Wir merken alles. Ein Raunen geht

durch das Klassenzimmer. Selja dreht sich um und sieht mich an.
Wir wollen ein Stück vorlesen, sagt die Deutschlehrerin. Ihre Stimme bebt, die Lippen zittern. Die Striche auf ihren Lippen sind rot und lang, als ob sie etwas unterstreichen wollen. Oder sind es endlose, verzweifelte Gedankenstriche?
Wer beim Lesen dran ist, liest ungeduldig, unkonzentriert, weil man sie beim Lesen nicht im Auge behalten kann, gibt schnell weiter, an den nächsten. Wir lassen sie nicht aus den Augen. Nur Selja dreht sich um und sieht mich an.
Die Deutschlehrerin schiebt ihren Stuhl zur Seite, sie läuft auf dem Podest ein paar Male hin und her, bleibt dann vor der Tafel stehen und schreibt: Nominativ, Genitiv, Dativ, Akkusativ. Wir nehmen ein Neutrum, das Wort *das Ende, des End* …
Dann sackt sie zusammen. Ihr ganzer Körper beginnt zu zittern. Sie versteckt sich hinter dem Tisch, sie verkriecht sich in die Ecke, wo sonst ihr Stuhl steht. Kein Laut ist zu hören. Wir glauben, sie hat aufgehört zu atmen.
Dann steht jemand auf und holt die Direktorin.
Raus mit euch, sagt die Direktorin. Auch ihre Stimme zittert. Sie geht zu der Frau, die in der Ecke kauert.
Raus mit euch, sagt sie zu uns. Aber schnell!
Der Klassenraum ist wieder leer. Ich sehe Seljas Nacken vor mir und denke: Warum sind wir nicht

aufgestanden. Warum haben wir uns nicht eingemischt. Warum haben wir die arme Frau nicht in Schutz genommen. Wir beide, die die Angst so gut kennen. Oder hat Selja keine Angst?
Wo versteckt sie ihre Angst?

Selja dreht sich um und sagt: Wir bekommen einen neuen Deutschlehrer.
Morgenstunde hat Gold im Munde! Ordnung ist das halbe Leben! Das sind deutsche Sprichwörter, meine Lieben, und danach wollen wir uns richten!, ruft der neue Deutschlehrer. Sein Gesicht glänzt vor Sauberkeit, sein grauer Anzug ist frisch gebügelt, die Krawatte ist schmal und sitzt korrekt.
Engagement erwarte ich! Fleiß erwarte ich! Disziplin erwarte ich! Ohne Fleiß wird sich euch die Sprache von Goethe und Schiller nicht öffnen.
Er geht durch die Pultreihen. Bleibt vor Selja stehen. Ein entzückendes Lächeln! Ein schönes Gesicht! Aber was ist das schon! Jeder hat seine Fehler. Sogar die schönste Frau der Welt, Greta Garbo. Was soll der Fehler von Greta Garbo sein? Ich sag es dir, Mädchen. Sie hat zu große Füße! Da! Eine wunderschöne Frau mit zu großen Füßen. Deine Fehler werde ich auch noch kennen lernen. Verlass dich darauf. Mich kannst du nicht mit deinem Lächeln betören.
Ich kichere.
Kichern ist nicht nur albern, es ist schwachsinnig.

Was soll das sein, ein Kichern? Es ist weder ein Lächeln, noch ein Lachen, ist nur ein willenloser primitiver Laut, ohne Timbre und Modulation. Bei mir wird nicht gekichert.
Ich senke den Kopf. Du Scheusal, du Kartoffelnase, du Tropfauge, du geschniegelte, gebügelte platte Aalfigur, du Menschenfresser, Kinderschreck, du Hässling, mich wirst du nicht kleinkriegen, denke ich. Und was heißt überhaupt Timbre und Modulation. Ich werde Seljas Bruder fragen. Er kennt sich aus mit den fremden Wörtern. Er kennt sie alle: Depression, Kompensation und Manipulation.
Auch dieser Deutschlehrer bleibt nicht lange.

Selja dreht sich um und flüstert: Wir bekommen einen neuen Deutschlehrer.
Ich habe eure Hefte angeschaut, sagt der schöne Mann mit der warmen Stimme. Einige Übersetzungen sind ja ganz gut gelungen. Wenn auch jemand aus der bescheidenen Freude die unbeherrschte Freude herausgelesen hat.
Ich bekomme einen roten Kopf.
Aber ich bin ein Freund von unbeherrschten Freuden, sagt er, sieht mich an und lächelt. Ich lächle zurück. Ich lächle noch lange, nachdem er längst aufgehört hat, mich anzulächeln.

Während der sieben Jahre Deutschunterricht hatten wir fünf verschiedene Deutschlehrer. Aus irgendei-

nem Grund fühlten die Deutschkundigen sich nicht wohl in unserer Schule oder in der Stadt.
Aus den Korridorfenstern der Straßenseite konnte man früher das Haus sehen, in dem Selja mit ihren Eltern und ihrem Bruder wohnte. Auch dieses Haus war inzwischen abgerissen worden, und es stand noch kein neues auf dem Grundstück.
Ich ging in das Kellergeschoss. Unten war der Raum für Biologie, Zoologie und Botanik.

Die Naturkundelehrerin geht voran. Unter dem Arm trägt sie eine schwarze Mappe. Mein Name steht drauf. Ich gehe ihr nach. Was soll ich ihr erzählen? Sie ist streng. Ihre grauen Haare sind so straff zu einem Knoten zusammengezurrt, dass sie die Gesichtshaut nach hinten ziehen, das Gesicht zu einer Maske erstarren lassen. Sie trägt einen langen, dunkelbraunen, sackförmigen Rock und eine lange Jacke darüber. Sie gehört einer strengen Sekte an. Sie hasst Lügen. Sie hasst das Lachen und das Vergnügen. Aber vor allem hasst sie Betrug. Sie wird mich nie verstehen. An der Tür wartet sie auf mich, lässt mich als Erste eintreten. Dann schließt sie die Tür. Sie dreht den Schlüssel um, und ich bin allein mit ihr und mit den ausgestopften Eulen, Eichelhähern, Krähen und Elstern. Mit dem Fuchs, der mich von einem Baumstamm anstarrt, mit den Schlangen in den hohen Gläsern und mit dem Skelett in der Ecke. Sie macht ein paar Schritte und

bleibt dann so nah vor mir stehen, dass ich das fahle Gelb um die Iris ihrer Augen erkenne, so nah, dass ich den leicht säuerlichen Atem rieche, als sie tief seufzt, mit einem Finger auf die schwarze Mappe tippt und fragt: Wo hast du die Pflanzen her?
Ich habe sie gesammelt, antworte ich.
Wo hast du die Pflanzen her?, fragt sie.
Ich habe sie auf einer Insel gesammelt.
Wo hast du die Pflanzen her?, fragt sie.
Von Seljas Bruder. Aber nur fünfzehn Stück. Fünfzehn habe ich selbst gesammelt, selbst gepresst, und ich habe auch die lateinischen Namen und die Familie, den Standort alle selbst eingetragen, sage ich.
Das ist Betrug, sagt sie.
Ich schweige und sehe zu Boden.
Ich habe immer gerne Pflanzen gesucht. Ich habe sie gerne gepresst und selbst auf die Blätter geklebt. Nur in diesem Sommer hatte ich so wenig Zeit. Ich war verliebt!
Wenn man verliebt ist, kann man keine Pflanzen ausreißen und ihnen den Saft auspressen, hätte ich sagen können. Das kann man nicht. Man will auch keine Mücke töten, und man fängt keine Fische mit der Wurmangel. Diese Dinge tut man nicht, wenn man verliebt ist. Es ist nicht nur, weil man keine Zeit hat, es ist auch, weil die Zeit anders ist. Und das Leben so wichtig. Aber ich sage nichts. Sie würde mich nicht verstehen.
Sieh mich an, sagt sie und sieht mich an, ohne ein

einziges Mal ihre verächtlichen Augen von mir abzuwenden. Die Pupillen sind klein und glänzend wie winzige Käfer: Du hast mich belogen und betrogen. Schlecht betrogen! Du hast es nicht einmal für nötig befunden, das Papier zu erneuern. Ich habe sofort gesehen, dass diese Pflanzen schon vor Jahren auf das Papier geklebt wurden. Das Papier war gelb! Aber das hast du wohl nicht gemerkt. Oder du hast gedacht, ich würde es nicht sehen! Du bekommst ungenügend in Botanik!
Aber ich bin doch sonst gut!, rufe ich.
Nicht, wenn du lügst! Das muss bestraft werden! Ungenügend auch für das Betragen! Lass es dir eine Lehre sein. Sie wendet sich zum Gehen und schließt die Tür wieder auf. An der Tür wartet sie auf mich. Ich sehe sie durch den Schleier der Tränen an, aber ich entdecke kein Mitleid in ihren Augen. Sie wird ihr Leben lang den Blumen ihren Saft auspressen, sie nach lateinischen Namen und Bestimmungsorten aussortieren, auf ein weißes Blatt kleben, und vergessen, wie sie aussahen, als sie noch blühten. Ich wünsche ihr, dass sie nie in den Himmel kommt. In der Erde soll sie wühlen wie ein Maulwurf und sich an den Wurzeln der Tannen und Birken die Zähne ausbeißen, sich an den Würmern erfreuen. Blind und verzweifelt soll sie den Ausgang zur Sonne suchen. Ihr Sterben lang.
Das ist deine Schuld!, schreie ich Selja an. Du hättest mir das mit dem alten Papier sagen können.

Du kannst doch selbst denken, sagt sie.
Ich habe aber nicht daran gedacht, sage ich.
Ich auch nicht, sagt sie und lächelt.
Und ich sehe in ihre Augen. Sie sind dunkel und schön und gefährlich wie die Augen im Moor, die Morastlöcher. Tritt man da rein, sinkt man tief. Und wenn man Pech hat, ertrinkt man in dem dunklen Wasser, das keine Wellen schlägt. Man sinkt immer tiefer, während neben einem das Grün der Mooshügel leuchtet, der weiße Sumpfporst auf der Moorwiese blüht und die Multbeeren einen gelb, saftig und für immer unerreichbar anschauen.
Ich habe Angst vor Seljas Morastaugen.

Am Ende des Korridors im Kellergeschoss befindet sich die Lehrküche. Die Elektroherde sind blank geputzt. In der Mitte stehen ein langer Tisch und zwanzig Stühle. In den Schränken gibt es Mehl, Kartoffeln, Reis, Zucker, Salz, Rosinen und Nüsse, im Kühlschrank Milch, Butter und Sahne. Ich schwitze zwei Esslöffel Mehl mit fünfzig Gramm Butter in einem Topf an. Meine Wangen glühen. Lass es bloß nicht braun werden!, sagt die Lehrerin für Haushaltskunde. Ich schüttele den Kopf. Ich passe auf. Jetzt ganz langsam etwas Milch hineinrühren. Und rühren und rühren, noch einen Schluck Milch, noch einen Tropfen und noch einen Tropfen, die Sauce wird dick und fest. Keine Klumpen. Jetzt etwas Salz und weißer Pfeffer. Gut, sagt sie. Du

wirst eine gute Köchin. Du nimmst deine Aufgabe ernst!
Die anderen braten Möhrenpfannkuchen, kochen Blaubeersuppe und Vanillesauce. Wir haben weiße, für uns zu große Schürzen an und ein weißes Tuch um den Kopf. Nachher setzen wir uns zusammen an den Tisch und essen, was wir gekocht haben.
Aber vorher müssen wir den Arbeitsplatz sauber machen, die Schürzen an die Haken hängen, die Tücher abnehmen und uns die Haare kämmen.
Eine gute Hausfrau lässt sich die Arbeit nie anmerken, sagt die Lehrerin. Sie beseitigt die Spuren der Mühe und setzt sich an den Tisch so gelassen, als hätte sie die Speisen herbeigezaubert.
Selja und ich sehen uns an und ziehen Grimassen.
Manchmal isst die Handarbeitslehrerin mit uns. Sie ist mit der Haushaltslehrerin befreundet. Wenn sie ihre Periode hat, riechen wir das abgestoßene Blut und den Schweiß. Sie riecht aus allen Poren, süßsauer und verfault. Sie ist in den Wechseljahren. Die Wechseljahre und so einen Gestank bekommt man nur, wenn man nicht verheiratet ist. Schon deswegen wollen wir alle heiraten. Um nicht zu stinken.

Ich ging vom Keller ins Parterre, ich hielt mich am Treppengeländer fest. An dem runden Handlauf hatten schon viele Finger Halt gesucht. Ich stieg in den ersten Stock. Dort war die Aula, unser Saal für die Feste. Aber ich suchte den Raum für den Kunstunterricht.

Die Ente kommt mir entgegen. Ente nennen wir sie, weil sie ununterbrochen schnattert und so breitbeinig daherwatschelt.
Die anderen sind schon in der Klasse, sagt sie. Beeil dich! Ich komme gleich wieder. Ich habe etwas vergessen. Ich lächle. Sie vergisst immer etwas.
Der Sohn der Ente ist ein berühmter Dichter. Aber das scheint sie nicht zu beeinflussen. Sie spricht nicht über ihn und seine Dichtkunst.
Alle anderen Mütter würden damit angeben, sage ich zu Selja.
Vielleicht macht sie sich nichts aus seinen Gedichten, meint sie.
Ich setze mich neben Selja. Malt eine große Stadt!, steht an der Tafel.
Selja hat schon angefangen. Alle haben angefangen. Sie zeichnen hohe Häuser, Kirchtürme, breite Straßen und Menschenmengen. Seljas Bild ist wie immer düster. Sie benutzt nur Kohlestifte.
Ich nehme Farben und verteile sie mit einem breiten Pinsel auf dem Papier. Dunkelblau der Hintergrund und darauf kleine Quadrate in Gelb, Rot und Orange.
Wir hängen alle Bilder auf, dann gehen wir herum und sehen sie uns an.
Was soll das sein?, fragt einer meiner Mitschüler

und zeigt auf meine Stadt. Da kann man doch nichts erkennen.
Ente stemmt die Hände auf ihre Hüften, die so herrlich breit sind, das man in ihren Bauch hineinkriechen, im Schutz ihrer Hüften liegen und noch einmal geboren werden möchte.
Ich kann was erkennen, sagt sie. Ich sehe eine Stadt am Abend, wenn überall die Lichter brennen.
Quatsch, meint der Mitschüler. Ich sehe ein Nichts!
Nichts ist nur in deinem Kopf, sagt Ente. Jeder malt das, was er sieht. Und wenn du dir nichts darunter vorstellen kannst, ist es dein Pech.
Du solltest mal einen Farbstift in die Hand nehmen, sagt sie zu Selja. Aber beeindruckend ist sie, deine finstere und lichtlose Stadt!
Ente steht zu uns. Zu Selja und mir. Wir bekommen immer die besten Noten. Später, als Mutter krank wird und ich mich nicht mehr auf das Malen in der Klasse konzentrieren kann, darf ich zu Hause malen. Ich brauche am Unterricht nicht teilzunehmen.
Du kannst auch mit ihr gehen, sagt Ente zu Selja. Ihr seid doch unzertrennlich. Geht nur, Kinder! Malt dort, wo ihr Bilder seht. Hauptsache, ihr bringt mir mal ein bemaltes Blatt mit, damit ich es zensieren kann.
Aber Selja malt in der Schule. Beim Kunstunterricht stört es sie nicht, dass ich sie allein lasse. Wenn sie zeichnet, braucht sie keine Freundin.

In den Pausen gehen wir untergehakt auf dem Schulhof auf und ab. Wir gehen untergehakt, seitdem wir die zwei anderen Mädchen so gesehen haben. Das schöne Paar. Die eine hat dunkle, lockige Haare, große Augen und eine zierliche Figur. Die andere ist groß und blond. Sie hat eine schmale gebogene Nase, einen breiten, melancholischen Mund und geschwungene Augenbrauen, die hoch über den Augenlidern liegen.
Solche Augenbrauen sind ein Zeichen vornehmer Herkunft, sage ich zu Selja. Vielleicht ist sie die Tochter von Adligen.
Sie ist von einem Fabrikdirektor aus der Stadt vor zehn Jahren adoptiert worden. Niemand weiß, wer ihre richtigen Eltern sind. Zumindest wissen Selja und ich es nicht. Auch die Tochter des Pastors weiß es nicht. Und die weiß eine ganze Menge.
Die zarte Dunkelhaarige und die vornehme Blonde sind Freundinnen. Sie sind viel älter als wir. Sie spazieren immer untergehakt auf dem Schulhof. Wir spazieren hinter ihnen her. Wir sind auch Freundinnen. Ich bewundere besonders die Adoptivtochter mit den hohen Augenbrauen.
Eines Tages wird ihr Adoptivvater mit seinem Mercedes den Wagen anfahren, in dem meine Mutter und mein Vater sitzen. Der Fabrikdirektor ist viel zu schnell gefahren, erfahren wir später.
Er stirbt bei dem Unfall. Meine Eltern werden schwer verletzt und liegen lange im Krankenhaus.

Sie werden sich nie ganz von dem Unfall erholen. Die Tochter prozessiert gegen die Schadenersatzforderungen meiner Eltern. Sie kämpft unerbittlich und mit guten Anwälten um jeden Pfennig des Geldes, das sie von ihrem Adoptivvater geerbt hat. Nach einiger Zeit geben meine Eltern das Prozessieren auf. Sie haben kein Geld für die Anwaltskosten, und sie sind erschöpft. Meine Mutter ist krank. Sie hat keine Kraft mehr zum Kämpfen, und ich hasse die angenommene Tochter des Fabrikdirektors.
Aber das weiß ich noch nicht, als ich mit Selja hinter ihr und ihrer Freundin hertapse und versuche, so zu werden wie sie. Ich kann sie noch ein paar Jahre bewundern. Als die beiden die Schule verlassen haben, ziehen sie aus der Stadt fort, um in einer anderen Stadt zu studieren. Wir sehen die Adoptivtochter nur noch in den Weihnachtsferien und im Sommer. Sie geht ohne ihre Freundin. Manchmal hakt sie sich bei einem Mann ein.
Aber ich denke nicht mehr so viel über sie nach.

Pirkko hat gesagt, dass ich schreiben kann. Pirkko ist aus Helsinki in unsere Stadt gekommen. Aber selbstsicher wie die Hauptstädter ist sie nicht. Wir bewundern sie nicht, aber wir beschließen, sie zu akzeptieren. Wir lernen, sie zu mögen. Sie ist unsere Literatur- und Finnischlehrerin, aber sie kümmert sich nicht so sehr um die Grammatik. Ihr geht es mehr darum, dass wir unser Gespür für Poesie, für

die Sprache sensibilisieren. Wir schreiben einen Aufsatz über *Der Steppenwolf* von Hermann Hesse. Ich schreibe und schreibe und habe keine Zeit mehr, meinen Aufsatz durchzulesen. Ich habe gerade noch Zeit, ein paar Zeilen für die Lehrerin darunterzukritzeln. Ich bitte sie um Entschuldigung, dass es mir nicht gelungen ist, das zu schreiben, was ich sagen wollte.
Wir bekommen die Aufsätze zurück. Alle bekommen ihren Aufsatz zurück, nur ich nicht. Ich muss in der Klasse bleiben, alle anderen dürfen gehen. So schlecht war er, so schlecht, denke ich. Sie kommt mit den karierten Schreibbögen zu meinem Tisch. Es fällt ihr schwer zu sprechen. Hier!, sagt sie. Ich habe dir etwas unter deinen Aufsatz geschrieben. Ich reiße die Papierbögen an mich und renne aus der Klasse. Ich laufe in den Keller, gehe in den Toilettenraum, den ich sonst meide, wegen der hässlichen Sprüche an den Wänden, wegen des Gestanks.
Ich schließe mich in einer Toilette ein, und meine Hände zittern.
Warum musst du dich entschuldigen, wenn du schon den Mut hattest, dich so ehrlich und persönlich auf das Buch einzulassen. Ich war bewegt. Du kannst schreiben.
Ich lehne mich an die beschmierte Wand, drücke den Aufsatz an meine Brust, ziehe immer wieder an dem Porzellangriff der Wasserspülung. Während

das Wasser in das Becken rauscht, wische ich mir die Tränen aus den Augen.
Ich werde keine Pflanzen sammeln und ihnen den grünen Saft auspressen. Ich werde auf die weißen Blätter Buchstaben schreiben, sie werden meine Pflanzen sein. Zwischen mir und der anderen Welt werden für immer diese weißen Blätter sein. Sie werden mich schützen, denke ich.

Für das Abitur lerne ich mit Selja. Ich habe mir für einige Fächer keine Schulbücher angeschafft. Ich kann mich auf die Schule ohnehin schlecht konzentrieren.
Mutter ist krank, immer wieder läuft sie weg, nimmt sich in irgendeiner Pension ein Zimmer und schluckt Tabletten. Sie wird ins Krankenhaus eingeliefert und kehrt dann wieder nach Hause zurück.
Sie meint es nicht ernst, sage ich zu Selja. Würde sie es ernst meinen, wäre sie schon tot.
Vor Ostern lerne ich mit Selja Geschichte. Wir sitzen in ihrem Zimmer, lesen und stellen uns gegenseitig Fragen. Nach den Jahresdaten von Kriegen, nach dem Datum der Friedensschlüsse, die den Kriegen folgten, nach den Herrscherzeiten der Könige, Kaiser und Zaren, nach den Regierungsperioden der verschiedenen Präsidenten. Die Antwor-

ten, die wir nicht wissen, sehen wir in den Büchern nach.
Anschließend gehen wir zum Markt. Ich kaufe einen Strauß Birkenzweige, die mit gefärbten Hühnerfedern dekoriert sind. Ostersträuße sind es. Damit es ein fröhliches Fest der Auferstehung wird. Ich will den Strauß meiner Mutter schenken. Weil sie lange fort war, und weil wir uns am Morgen gestritten haben. Sie soll wieder fröhlich werden.
Dann fahren Selja und ich mit dem Bus zu uns. Im Bus albern und lachen wir miteinander. Die anderen Fahrgäste sehen uns ernst an. Als wir aussteigen, sieht der Fahrer mich an, als wolle er etwas sagen, aber dann sagt er nichts. Er seufzt und lässt uns raus.
Zu unserem Haus geht man von der Bushaltestelle aus über eine große Wiese. Auf halbem Weg kommt meine kleine Schwester uns entgegen.
Sie bleibt vor uns stehen, drückt das Gesicht an meine Brust und flüstert: Mutter ist tot. Sie hat sich von einem Zug überfahren lassen.
Wir krallen uns ineinander, meine Schwester und ich.
Selja begleitet uns bis vor das Haus und geht dann.
Mein Vater liegt auf dem Ehebett. Ich knie mich neben ihn. Er streichelt mir über das Haar und sagt: Weine nicht so laut, Tochter.
Ich gehe in die Küche und schluchze in die Schürze meiner Großmutter. Meine Brüder und meine

Schwester sitzen auf der langen Bank vor der Wand und weinen lautlos. Sie weinen schon seit Stunden. Mutter ist am frühen Vormittag gestorben.

Am Karfreitag kommt die Direktorin der Schule. Sie trägt einen Pelzmantel. In der Mitte der Küche bleibt sie stehen und sagt, sie wolle mit mir sprechen. Ich komme aus dem anderen Zimmer und stürze mich in ihre Arme. Sie ist steif und verlegen. Sie weiß nicht, wie man ein unglückliches Kind in den Armen hält. Sie schützt ihren Pelzmantel vor den Tränen und redet auf mich ein. Ich solle trotz des Todesfalles meine Abiturprüfung machen, sonst würde ich ein Jahr meines Lebens einfach wegwerfen.

Abgesehen von diesem tragischen Ereignis dürfte die Prüfung dir ja keine Schwierigkeiten bereiten, sagt sie.

Ich bekäme auch einen Platz hinten und von allen anderen Mitschülern getrennt.

Ich mache das Abitur. Erst danach beginne ich, das Jahr meines Lebens wegzuwerfen, ein Jahr nach dem anderen.

Wir singen: *Gaudeamus igitur, iuvenes dum sumus; gaudeamus igitur, iuvenes dum sumus; post iucundam iuventutem, post molestam senectutem, nos habebit humus, nos habebit humus.*

Und dann stehen wir auf der Treppe vor dem Schul-

gebäude. Alle, die die Prüfung bestanden haben, stehen auf den Stufen. Für das Abiturbild. Die weißen Abiturmützen mit der goldenen Harfe werden stolz getragen. Einige haben beide Arme voll duftender Rosen, andere haben nur den einen Arm voll. Alle haben Rosen bekommen. Selja hat beide Arme voll. Die Schwester von Seljas Mutter hat einen Blumenladen.
Seljas Mutter und Vater stehen auf Seljas Seite. Auf meiner Seite steht mein Vater. Meine Mutter fehlt, sie fehlt.

Ich notierte mir die Adresse von Seljas Mutter aus dem Telefonbuch.
Sie lebt in einer Wohnsiedlung zwei, drei Kilometer außerhalb der Stadt. Ich kaufte Lakritze für unterwegs. Als ich an dem roten Haus vorbeikam, in dem wir gewohnt hatten, bevor ich die Stadt verließ, sah ich nur flüchtig hin. Ich blieb nicht stehen und machte auch kein Foto.
Einige Gesichter von Leuten, die mir unterwegs begegneten, kamen mir bekannt vor. Aber ich erinnerte mich weder an die Namen, noch an die Straßen, wo sie gewohnt hatten.
Der Flieder blühte, und in den Gärten leuchteten die ersten Ringelblumen. Eine flüchtige Sommerre-

genwolke schüttete ein paar zarte Tropfen herunter. Aber sonst war der Himmel klar und blau.
Ich klingelte dreimal, bevor der Summer ertönte, und ich die Tür öffnen konnte. Früher gab es solche Schlösser an den Haustüren nicht. Meistens waren die Türen offen. Wer hineinwollte, kam hinein.
Die Mutter meiner Freundin stand an der Tür. Ihre üppigen grauen Haare waren zerzaust, und sie trug einen Morgenmantel. Sie musterte mich misstrauisch.
Hab ich dich geweckt?, fragte ich.
Ich habe nicht geschlafen, antwortete sie. Ich schlafe nie tagsüber. Hatte mich nur etwas hingelegt.
Darf ich hereinkommen?, fragte ich.
Deswegen bist du doch wohl gekommen!
Sie machte mir Platz, und ich ging in den Flur.
Ins Wohnzimmer geht es geradeaus, sagte sie.
Das Wohnzimmer war klein, aber hell. Die Schlafcouch war entweder die alte oder eine neue, die genauso aussah wie die alte. Auf dem Tisch davor stand eine Vase mit Plastiktulpen. Sie blühten bestimmt schon seit dreißig Jahren. Nur die rote Farbe war ein wenig verblasst, und die grünen Blätter waren verstaubt. Ich bedauerte, ihr keine frischen Blumen mitgebracht zu haben. An der Wand über der Couch hing ein Wandteppich mit dem Motiv *Auerhähne auf der Balz*. Früher waren es röhrende Hirsche gewesen, wenn ich mich recht erinnerte. Aber vielleicht verwechselte ich es. In vielen finnischen Wohnungen hingen die Auerhähne oder die Hirsche an der Wand.

Manchmal auch beide. Bei den Fernwehkranken wedelten Palmenblätter in den Wohnstuben.
Neben dem Wandteppich mit den Auerhähnen hing ein Gemälde, das ich nicht kannte. Es war ein großes blaues Bild mit einem Birkenwald.
Das Gemälde hab ich meinem Schwiegersohn abgekauft, sagte sie. Nachdem ich schon die anderen scheußlichen Dinger, die er mir besoffen geschenkt hat, aufhängen musste, wollte ich auch was Vernünftiges haben.
Die scheußlichen Dinger hingen an den anderen Wänden. Bilder mit farbigen Höhlen. In Rot, Gelb und Lila.
Ja, genau, die hat er mir geschenkt, sagte sie. Kannst auch Platz nehmen!
Sie wartete, bis ich mich in den Sessel gesetzt hatte, und setzte sich dann auf die Couch.
Wo kommst du her?, fragte sie.
Aus der Schule.
Dann bist du also Lehrerin?
Jetzt erst merkte ich, dass sie mich nicht wieder erkannte. Ich lächelte sie an.
Wer, glaubst du, bin ich?
Was weiß ich. Aber du kannst hier auf Selja warten. Sie müsste auch bald aus der Schule kommen. Wenn sie nicht wieder trödelt.

Sie hatte früher mutig den Alltag gemeistert, trotz aller Widrigkeiten unerschütterlich fröhlich. Sie war fett und weich und voller Träume für die Zukunft ihrer Tochter. Sie ließ Selja einmal im Jahr fotografieren. Selja mit Locken, in einem hellen Sommerkleid. Selja mit Pferdeschwanz, im gestrickten roten Kleid. Selja mit Ponyschnitt und nach hinten gekämmten Haaren. Selja im Sessel und auf der Schaukel. Selja, die Finstere, die auf den Fotos immer lächelte.

Seljas Mutter war stolz auf das schöne Gesicht ihrer Tochter. Und sie hoffte, dass die Schönheit ihr Glück bringen würde. Wenn sie in Hollywood gelebt hätten, würde Selja ihre Mutter jetzt vielleicht von der Kinoleinwand anschauen, würde in irgendwelchen Filmen Sätze sagen, die jemand ihr vorgesagt hatte, und geheimnisvoll lächeln. Aber Selja hätte sich vielleicht auch in Hollywood nicht um den Platz auf der Leinwand oder um irgendeinen ruhmvollen Platz bemüht. Man hätte sie auf den Sockel stellen müssen. Vielleicht wäre sie stehen geblieben.

Selja geht nicht mehr zur Schule, und ich auch nicht, sagte ich zu ihrer Mutter.

Natürlich nicht, sagte sie beleidigt. Manchmal vergesse ich es nur. Die Bilder sind von Seljas Mann. Verheiratet sind sie nicht. Ist ja auch egal. Er ist berühmt, sagt man. Das weiß ich nicht. Verrückt genug ist er ja, um berühmt zu sein. Es ist aber schön, dass ich auch mal Besuch kriege!

Weißt du denn, wer ich bin?, fragte ich noch mal.
Weißt du es denn nicht selber?, sagte sie listig.
Ich nannte ihr meinen Namen.
Ja, die gab es. Bist du es wirklich?
Ich nickte.
Dann will ich einen Kaffee kochen, sagte sie.
Lass mich das machen, bat ich.
Nein, ich habe den Kaffee für meinen Besuch immer selbst gekocht, und das mache ich jetzt auch. Gäste sollen sich ausruhen und bedienen lassen.
Sie trippelte in die Küche, und ich folgte ihr nicht. Ich sah mich um. Das Foto von ihrem Mann stand auf dem Schrank. Daneben waren die Abiturfotos von Selja und ihrem Bruder.
Sie brachte einen Teller voll Kekse aus der Küche.
Du isst doch gerne was Süßes?
Ich nickte wieder.
Ich habe es nicht vergessen. Ich habe nichts vergessen, sagte sie. An alles, was früher war, kann ich mich erinnern. Was vor einer Stunde war, weiß ich nicht mehr. Wahrscheinlich geschieht nichts mehr, an das zu erinnern sich lohnt.
Sie legte ein geblümtes Tischtuch auf den Couchtisch, stellte die dünnen chinesischen Kaffeetassen auf, die für den Besuch, und legte die goldfarbenen kleinen Kaffeelöffel mit einer Rose am Stiel auf die Untertassen. Sie brachte die Kaffeekanne, schenkte ein und setzte sich dann auch.
Wie geht es dir gesundheitlich?, fragte ich.

Weißt du, wie alt ich bin?, fragte sie.
Ich schüttelte den Kopf und sagte dann: Fünfundsiebzig?
Siebzig, glaube ich, sagte sie. Ich könnte schon gut unter der Erde verschwinden, aber sie stecken ja niemanden lebendig in den Sarg. Da muss man erst aufhören zu atmen. Mein Mann hat es schon vor zehn Jahren geschafft. Das Herz hat ihm geholfen. Er war auf der Stelle tot. Konnte gar nichts mehr sagen. Was hätte er auch noch zu reden gehabt. Nach vierzig Jahren Ehe hat man sich schon alles ein paarmal gesagt. Ruhig war der Kerl die letzten Jahre! Getrunken hat er auch nicht mehr. Saß da und drehte die Daumen. Was hätte er sonst machen sollen. Was anderes zu drehen gab es ja nicht. Seine früheren Saufkumpane haben ihn zu Grab getragen, und Raimo war auch dabei. Wie geht es denn deinem Vater? Hat er wieder geheiratet, nachdem ihm deine Mutter weggelaufen ist?
Sie ist nicht weggelaufen. Sie hat sich das Leben genommen, sagte ich.
Aber weg ist sie, so oder so, meinte sie und schlürfte ihren Kaffee.
Mein Vater ist auch tot, sagte ich.
So, hat es ihn schon erwischt. Na ja, ich würde gerne gehen, wenn mich der schwarze Mann zum letzten Walzer bitten würde, sagte sie und lachte. Wenn mich der schwarze Mann zum letzten Walzer bitten würde, wiederholte sie entzückt. Und du?

Ich weiß nicht. Im Augenblick mag ich noch andere Tänze.
Bist leichtfüßig wie deine Mutter. Mit ihr hat es kein gutes Ende genommen. Jemand hat mir erzählt, sie hätte sich auf die Gleise gelegt und vom Zug überfahren lassen. Und sie hatte so viele Kinder. Was soll nun aus denen werden?
Ich goss mir noch eine Tasse Kaffee ein. Sie sah konzentriert auf die Fotos auf dem Schrank. Sie suchte nach einem Halt. Nach etwas Vertrautem. Meine Anwesenheit verwirrte sie.
Sie zeigte auf die Wanduhr: Es ist genau halb sieben. Unzertrennlich wart ihr, sagte sie dann.
Sie meinte Selja und mich. Sie hatte sich entschlossen, die Tür zur Vergangenheit ganz zu öffnen.
Und dann bist du weggegangen, sagte sie vorwurfsvoll. Das hat Selja nicht gut getan. Ausgenutzt hast du ihre Liebe. Ich habe mir damals geschworen, dass ich dich eigenhändig umbringe. Warum eigentlich? Ich habe es vergessen. Jemand war unglücklich. War es Selja? Oder warst du es?
Vielleicht waren wir es beide. Früher oder später muss man sich von der Kindheit trennen, sagte ich.
Von der Kindheit schon, aber nicht von einer Freundin! Du hast sie verlassen. Ins Ausland bist du gegangen. Ich besuche noch jede Woche meine Schwester. Sie hat ja den Blumenladen nicht mehr. Das hat ihr das Herz gebrochen. Jetzt ist sie schon sieben Jahre in dem Haus, wo sie die Irren aufbe-

wahren. Im Sommer darf sie im Garten arbeiten. Aber in den Wintermonaten geht es ihr schlecht. Dann ruft sie nach ihren Blumen und weint. Alle Namen weiß sie noch. Auch die lateinischen. Ja, so kann es kommen. Ihr Herz hing so an den Blumen. Hübsche Sträuße hat sie zusammengestellt: für die Taufe, für die Konfirmation. Aber ihre Kränze für die Verstorbenen waren die schönsten. Die schönsten der ganzen Stadt. Das kannst du mir glauben. Der Blumenladen war ihr Leben. Selja besucht sie oft im Krankenhaus. Meine Schwester hat sich ja das Bein gebrochen. Liegt schon lange im Krankenhaus. Selja ist ein gutes Mädchen. Ein Glück, dass sie nicht im Ausland geblieben ist. Mich besucht sie auch immer. Jetzt hab ich sie ein paar Tage nicht gesehen. Könntest du nicht Selja besuchen, wenn du schon hier bist?
Ich bin eigentlich ihretwegen gekommen, sagte ich.
Ihretwegen? Sie sieht mich skeptisch an. Sie glaubt mir nicht. Vielleicht hat sie Recht.
Vielleicht bin ich gekommen, um noch einmal über das Moor zu wandern, über die Moorwiese, auf der die Blüten der Moorporsten streng und betäubend duften, wo man die herben Multbeeren finden kann, wo man sich bei jedem Schritt in Acht nehmen muss, um nicht in eines der Mooraugen zu treten und zu versinken.
Vielleicht bin ich auch meinetwegen gekommen, sagte ich. Und deinetwegen.

Na, du bist gut! Aber bei mir bist du schon richtig. Wo solltest du auch sonst hin, sagte sie und lachte. Im nächsten Augenblick standen Tränen in ihren Augen.
Selja war ein so hübsches Mädchen, sagte sie.
Ich legte meinen Arm um ihre Schulter.
Sie schneutzte sich und sagte: Ich träume jetzt oft von der Zeit, als ich noch ein kleines Mädchen war. Ich sitze im Hemd auf der Treppe vor unserem Haus. Ich habe kein Unterhöschen an, und die Holzbretter unter meinem nackten Hintern sind rau. Meine Mutter hängt die Wäsche auf die Leine. Zwischen zwei Birken ist die Wäscheleine gespannt. Die Sonne scheint, und am Himmel ist keine Wolke zu sehen. Die Birken haben zarte grüne Blätter, und ich weiß, dass das Mittsommernachtsfest vor der Tür steht. Dann wird getanzt. Und schon bin ich ein junges Mädchen und tanze mit meinem Verlobten. Er hat einen Anzug an und ein weißes Hemd wie ein vornehmer Herr. Ich trage ein weißes Kleid, und in die Haare habe ich mir weiße Margeriten gesteckt. Er fasst mich fest um die Taille, wirbelt mich durch die Luft, dass ich den Holzboden kaum unter den Füßen spüre. Ich bin leicht wie ein Spatzenküken.
Und schon bald sitzt Selja auf der Treppe vor dem Haus und sieht zu, wie ich Wäsche aufhänge. So schnell geht das. Aber vor Seljas Haus sitzt kein Kind. Warum nicht? Was ist so schlimm daran, ein Kind zu sein?

Ich schenkte uns noch Kaffee ein.
Auch ihr Bruder hat keine Kinder. Nicht einmal eine Frau hat er gefunden. Er vertrödelt die Zeit an der Universität und glaubt, glücklich zu sein, weil er jeden Tag einen Anzug, ein weißes Hemd und eine Krawatte trägt.
Zu Weihnachten kommt immer ein Blumenstrauß mit Fleurop. *Gesegnetes Fest wünscht dein Sohn!* Von wem lässt er wohl seine Feste segnen? Der glaubt doch an nichts. Vielleicht glaubt er an das weiße Hemd, das er jetzt jeden Tag tragen kann. Soll mir egal sein. Da rackert man sich ab, damit die Kinder die höhere Schule besuchen können, damit sie was lernen und ein besseres Leben haben. Und wenn man alt wird, besuchen sie einen nicht mehr. Nur Selja ist mir geblieben.
Dein Abiturbild hatte ich auch lange auf dem Schrank. Du warst mir lieb wie ein eigenes Kind. Aber du hast mein Herz gebrochen, als du Selja allein ließest. Brichst du das Herz des Kindes, brichst du auch das Herz der Mutter. So ist es. Wie spät haben wir es denn?
Sie wurde unruhig. Sie sah mich besorgt an, dann schaute sie auf die Uhr. Musst du nicht gehen? Deine Mutter wartet bestimmt auf dich.
Ich stand auf. Als ich vor ihr stand, hatte sie bereits vergessen, wer ich war.
Du willst schon gehen?, sagte sie. Ich habe noch Fischsuppe im Kühlschrank.

Ich schüttelte den Kopf.
Dass du nichts essen willst! Ich biete meinen Gästen immer etwas an. Es soll niemand mit leerem Magen mein Haus verlassen. Wo soll es denn hingehen?
Ich besuche Selja, sagte ich.
Selja willst du besuchen. Kennst du sie denn?, fragte sie.

Ich stehe vor der Tür des Hauses, in dem Selja mit ihren Eltern lebt. Ich habe einen kleinen Koffer in der Hand. In dem Koffer sind drei Bücher, zwei Unterhosen, ein Hemd, ein Büstenhalter, zwei Röcke und drei Pullover. Mein Tagebuch und das Abiturzeugnis.
Ich klopfe leise.
Seit wann klopfst du denn an?, fragt Seljas Mutter und lacht. Du gehörst doch fast zur Familie.
Sie sitzen am Küchentisch und essen. Dickmilch steht in einem Krug auf dem Tisch, Brot und Butter, Käse und Wurst und dicke, runde Rote Bete.
Setz dich!, sagt Seljas Mutter. Bei uns ist Essenszeit. Willst du verreisen, oder warum schleppst du den Koffer mit dir herum.
Ich möchte hier übernachten, sage ich.
Ist ja wohl nicht das erste Mal, dass du hier schläfst, aber bisher hast du keinen Koffer dazu gebraucht,

meint Seljas Vater. Oder willst du für immer hier bleiben?
Nun setz dich endlich, sagt Seljas Mutter.
Selja sagt gar nichts. Sie nimmt meinen Koffer und trägt ihn nach oben.
Du kannst in Erkkis Bett schlafen, sagt Seljas Mutter. Er kommt nur noch in den Semesterferien nach Hause.
Gab es Krach?, fragt Seljas Vater und grinst neugierig.
Lass sie in Ruhe!, fährt Seljas Mutter ihn an. Sie wird es uns schon erzählen, wenn es was zu erzählen gibt. Zu mir sagt sie: Nun iss erst mal etwas, damit du zu Kräften kommst!
Sie schmiert ein Butterbrot und gibt es mir in die Hand.
Du verträgst dich nicht mit der Stiefmutter?, fragt Seljas Vater. Soll noch recht knackig sein für ihr Alter.
Hältst du wohl den Mund!, sagt Seljas Mutter.
Ich bin von zu Hause weggegangen, sage ich. Es gab Streit, und mein Vater sagte, entweder du entschuldigst dich bei deiner Stiefmutter, oder du kannst gehen. Ich bin gegangen.
Gab es denn etwas zu entschuldigen?, fragt Seljas Mutter.
Ich schüttele den Kopf.
Dann kann man sich auch nicht entschuldigen, meint sie. Du bleibst hier und wartest, bis dein Vater

sich bei dir entschuldigt. Er weiß ja nicht mehr, was er tut. Kaum ist die Frau im Grab, schon holt er sich eine Fremde ins Haus! So etwas können die Kinder nicht verstehen. Sie wollen ihre Mutter nicht so schnell vergessen. Niemand kann die eigene Mutter vergessen. Männer sind Männer. Sie können nicht trauern. Sie rennen weiter, als sei nichts geschehen, wenn sie einen Menschen verlieren. Aber Kinder müssen sich in Ruhe ausweinen dürfen!
Ich will mich nicht ausweinen. Ich bin verbittert. Nach dem Abitur bin ich zu Hause geblieben, um meinem Vater zu helfen. Um bei meinen kleineren Geschwistern zu sein. Ich arbeite in einer Buchhandlung und gebe das Geld, das ich verdiene, meinem Vater.
Ich verstehe ja, dass er eine Frau braucht, dass meine Geschwister eine Mutter brauchen, sage ich zu Selja. Aber diese Frau ist grauenvoll!
Sie ist eine Frau, die einen Mann braucht, und dein Vater ist ein Mann, der eine Frau braucht. Was ist daran so grauenvoll?, sagt Selja. Du möchtest nur gerne die Frau für deinen Vater aussuchen.
Selja mag die Menschen nicht in bessere und schlechtere einordnen. In Gute und Böse schon gar nicht.
Ich weiß nicht, ob ich die Menschen liebe oder hasse, sagt sie. Ich möchte nur nicht, dass sie mir zu nahe kommen.
Aber meine Nähe erträgt sie. Ohne mich unternimmt sie keinen Schritt, bleibt hier in der Stadt,

fängt kein Studium an. Sie arbeitet auch in der Buchhandlung und wartet ab, was ich tue.
Ich hoffe den ganzen Sommer darauf, dass Vater mich nach Hause holt. Aber er kommt nicht. Und ich gehe nicht zu ihm.
Im Herbst fahren Selja und ich weg. Dreh dich nicht um, sage ich, als wir in den Zug einsteigen, der nach Süden fährt. Dreh dich nicht um. In diese Geisterstadt kehren wir nie wieder zurück. Nicht zu den Toten und nicht zu den Lebenden.
In meinen Träumen bin ich oft hierher zurückgekehrt. Zuerst mit meiner Mutter. Dann mit Selja. Später mit meinem Mann. Und einmal stand ich auch mit unserem Sohn vor dem Bahnhofsgebäude. Ich lachte und sagte: Das ist das gelbeste Haus von Kokkola.

Selja und ich fahren nach Helsinki, und schreiben uns an der Universität ein.
Selja möchte an der Kunstakademie studieren. Mal du die Bilder für mich, sagt sie. Deine Bilder sind schöner. Nicht so naturalistisch. Sie mögen keine naturalistischen und realistischen Bilder. Es interessiert sich auch niemand für meine finstere Art zu zeichnen. Sie werden meine Bilder altmodisch nennen.

Nein, sage ich. Ich kann nicht so gut zeichnen wie du. Du musst ihnen deine eigenen Zeichnungen vorlegen. Du musst an dich glauben!
Ich warte auf sie vor dem Athenäum, der Kunstakademie, in der die Aufnahmeprüfung stattfindet.
Als sie mit ihrer Mappe herauskommt, sehe ich sofort, dass sie Selja nicht aufgenommen haben.
Du kannst es nächstes Jahr noch mal versuchen, sage ich.
Vielleicht, sagt sie. Aber ich weiß, dass sie sich nicht noch einmal der Prüfung stellen wird.
Wir besuchen Philosophieseminare und Literaturvorlesungen.
Wir lesen viel. Selja zeichnet manchmal. Sie zeichnet Porträts von uns. Wie wir aussehen werden, wenn wir fünfzig, sechzig, achtzig Jahre alt sind. Junge Gesichter mag sie nicht mehr. Ich schreibe Gedichte. Selja berichtet, dass John F. Kennedy ermordet wurde. Ich weine und schreibe ein Gedicht. Alles, was ich höre, wird zu einem Gedicht. Erst wenn ich meine Gedichte lese, weiß ich, was ich gehört habe, wann und wem ich zugehört habe. Ich schreibe, als würde ich Fotos schießen, ohne vorher auszusuchen, was ich aufnehmen will.
Ich schicke dem berühmten Sohn von Ente einige meiner Gedichte. Sie gefallen ihm. Ich möchte, dass sie auch anderen gefallen. Ich sende sie einem Kritiker zu. Er schreibt mir: Sie sind genau wie die Gedichte von Eeva Liisa Manner. Aber die Gedichte

von Eeva Liisa Manner sind natürlich besser. Plagiate sind nie gut.
Wer ist Eeva Liisa Manner?, frage ich Selja. Ich kenne nicht einmal ihren Namen! Ich habe noch nie ein Gedicht von ihr gelesen. Wie kann er behaupten, dass ich ihre Gedichte kopiere.
Er kann behaupten, was er will, meint Selja. Er glaubt nicht an dein Talent. Vergiss die Gedichte. Vergiss ihn. Vergiss sie alle.
Vergessen kann ich nicht. Aber ich schreibe keine Gedichte mehr.
Ich kaufe mir ein schwarzes Kleid. Ich gehe tanzen. Ich tanze jeden Samstagabend. Und jeden Mittwochabend.
An den anderen Tagen warte ich auf den Samstag oder auf den Mittwoch. Mein Darlehen fürs Studium und das Geld, das Selja von Zuhause bekommt, reichen nicht aus, um unser Zimmer und das Essen zu bezahlen. Wir suchen uns eine Arbeit. Ich arbeite, um am Mittwoch und am Samstag tanzen zu können. Ich lerne junge Männer kennen. Ich warte auf den Anruf von einem der jungen Männer, und ich warte auf einen Brief von meinem Vater. Manchmal kommt ein Anruf. Der Brief kommt nicht.
Ich warte auf den Mittwoch und auf den Samstag.
An einem Samstag kommt Selja mit zum Tanzen. Sie tanzt mit unserem Philosophiedozenten. Er ist jung. Sein Gesicht ist voller Aknenarben. Einige Pickel eitern noch. Er spricht englisch mit Selja. Er

mag die finnische Sprache nicht, sagt er zu ihr. Als der Tanzsaal geschlossen wird, begleitet er sie nach Hause. Selja nimmt ihn mit in die Küche. Er zündet sich eine Zigarre an, legt sie wieder weg und fingert an seinem Hosenschlitz. Selja legt sich auf den Fußboden und wartet. Er stammelt ein paar schwierige englische Sätze, die sie nicht ganz versteht, die aber von Bertrand Russell stammen könnten. Die Vorlesungen des Philophiedozenten beschäftigen sich mit der analytischen Philosophie von Bertrand Russell. Von den Theorien ist Selja nichts im Gedächtnis geblieben. Ich weiß noch, dass Bertrand Russell ein Vorkämpfer gegen jede Art von Unterdrückung war.

Der Vertreter seiner Philosophie hat seinen Hosenschlitz geöffnet und legt sich auf Selja. Der Fußboden ist hart, und sie hält ihre Hände unter ihr Steißbein. Als er zu stöhnen beginnt, zieht sie eine Hand weg und hält sie ihm vor den Mund. Hinter der Tür ist das Zimmer von zwei Theologiestudentinnen, die mit uns die Wohnung teilen. Selja denkt daran, was sie sagen würden, kämen sie in die Küche. Aber sie schlafen. Eine von ihnen schnarcht. Is it the first time for you?, stammelt der Dozent für theoretische Philosophie erstaunt. Ja, flüstert Selja, und hält das Flüstern für Liebe. Er spritzt seinen Samen in Seljas jungfräuliche Vagina, drückt seine Zigarre auf dem Fußboden aus und verlässt sie.

Schweinerei, sage ich und meine den Fußboden, die

Liebe, den Philosophiedozenten, die Zigarre und Selja.
Selja kommt nicht mehr mit zum Tanzen.
Wir machen Spaziergänge am Meer. Zum Hafen, wo die Segelboote stehen. Die Segel sind fest um die Masten gebunden. Erst wenn die Boote ausfahren, werden sie losgebunden und blähen sich im Wind. Wir spaziehen dorthin, wo im Hafen die Fischerboote stehen. Über den Fischerbooten kreisen Möwen mit gelben Schnäbeln. Im Hafen, wo die Schiffe ankommen und ablegen, stehen wir lange und sehen den Schiffen nach, die den Hafen verlassen. Die Schiffe, die ankommen, interessieren uns nicht.

Wir fahren ins Ausland. Das Ausland heißt Deutschland.
Wir arbeiten in einem Kurhotel. Wir arbeiten von morgens bis abends. Früh am Morgen pressen wir Orangen aus. Um neun Uhr kommen die ersten Kurgäste, um einen frisch gepressten Orangensaft zu trinken. Manchmal mixen wir aus den Saftflaschen etwas zu dem frisch gepressten dazu. Gerade so viel, dass man es nicht merkt. Der Chef des Kurhotels bringt uns die richtige Mischung bei. Wir schleppen Wasserkästen und Bierkisten. Wir schen-

ken Kaffee ein und belegen Brötchen. Wir legen Tortenstücke auf kleine Teller mit weißen Servietten und Kuchengabeln. Wir kochen Kaffee und Kakao. Hängen die Teebeutel in die Gläser, die wir mit heißem Wasser gefüllt haben. Die Kellner und die Kellnerinnen rennen zwischen den Tischen, Stühlen und der Theke hin und her. Sie rufen uns den ganzen Tag Befehle zu. Abends müssen wir Wein einschenken, die Schnapsgläser füllen und die Bierflaschen öffnen. Jede Bierflasche ist abgezählt, jede Schnapsflasche wird markiert. Aber das stört uns nicht. Ab und zu gießen wir uns einen Schnaps ein. Oder eine der Kellnerinnen oder der Kellner gibt einen aus, um uns für sich zu gewinnen. Wenn sie abends schwitzend ihr Geld zusammenzählen, strahlen ihre Augen in den erschöpften Gesichtern. Das Geld, das wir bekommen, reicht nicht, um unseren Augen Glanz zu verleihen. Selja und ich trinken nach der Arbeit weiter, um die Arbeit zu vergessen. Um das fremde Land und seine fremden Menschen zu vergessen, um das bekannte Land und seine bekannten Menschen zu vergessen.

Ich gehe tanzen. Selja kommt mit. Sie tanzt nicht gerne, aber sie kommt gerne mit. Sie trinkt. Ich trinke und tanze. Wenn der Sommer vorbei ist, wollen wir zurückfahren und nicht mehr trinken.

Nachts gehen in meinen Träumen Männer und Frauen der Zimmerdecke entlangspazieren. Sie stolzieren an mir vorbei, ich weiß nicht, warum sie über

mich lachen. Ich ziehe die Bettdecke über den Kopf und schließe die Augen. Sie finden den Weg unter die Augenlider und setzen ihre Prozession fort. Ich kann nicht schlafen.
Ich gehe tanzen, und ich trinke. Ich warte. Ich weiß nicht, auf was und auf wen. Manchmal denke ich, ich warte darauf, dass meine Mutter mich zu sich holt. Oder, dass mein Vater mich nach Hause holt. Ich warte darauf, dass ich mich selbst einhole.

Während ich warte, tanze und trinke ich.
Ich kann nur noch arbeiten, tanzen und warten. Schlafen kann ich nicht mehr. Im Schlaf gehe ich zum Friedhof, um meiner Mutter Blumen zu bringen. Aber sie liegt nicht im Grab, sie kommt hinter mir her. Ich erkenne ihre Schritte. Wenn ich mich umdrehe, um ihr in die Augen zu sehen, zieht sie mir einen Kartoffelsack über den Kopf. Ich kann sie nicht sehen. Ich kann nichts sehen. Nur den dunklen Stoff. Eines Tages werde ich des Wartens, des Tanzens, des Trinkens und der Säcke der Nächte müde und schneide mir die Pulsadern auf.
Sie werden verbunden. Ich lege mich ins Bett und nehme Schlaftabletten. Selja kommt von ihrer Arbeit und fragt: Was ist los?
Ich glaube, die Tabletten reichen nicht aus, flüstere ich. Sie setzt sich auf die Bettkante und löst in einem Wasserglas alle Tabletten auf, die sie noch finden kann, und hilft mir, das Glas auszutrinken.

Der Chef, der die Tortenstücke und die Flaschen nachzählt, schaut nach, warum ich nicht zur Arbeit komme. Das Haus ist voller durstiger Gäste, sagt er. Dann ruft er den Krankenwagen.
Mein Magen wird ausgepumpt.
Das Krankenhauszimmer ist hell. Im Traum sitze ich mit Selja auf einem warmen Stein. Die Sonne scheint, und eine Eidechse kriecht aus einer Steinspalte. Überall um uns herum sind Felsen, und vor uns liegt das Meer. Die Wellen lecken an unseren nackten Füßen.
Es ist schwer, wenn man so weit weg von zu Hause ist, sagt die Schwester im Krankenhaus. Aber man muss versuchen, das Beste daraus zu machen.

Das Beste kommt ganz ohne mein Zutun. Selja hat einen Freund. Die beiden nehmen mich mit zu einem Treffen mit dem Freund von Seljas Freund. Wir sitzen in einer Kneipe und warten auf ihn. Er kommt barfuß. Seine Füße sind wohlgeformt und die Zehen lang und gerade. Die Freunde unterhalten sich. Ich sehe manchmal nach unten auf die nackten Füße. Sie gefallen mir. Später gehen wir tanzen. Der Freund von Seljas Freund tanzt nicht. Er trinkt Becks Bier und sieht den anderen und mir beim Tanzen zu. Ich tanze und behalte ihn im Auge. Ich versuche, seinen Blick zu fangen. Es fällt mir schwer, ihn zu beobachten und gleichzeitig zu tanzen. Ich setze mich zu ihm. Du tanzt gerne, sagt er.

Ja, antworte ich. Und dann sagt lange keiner von uns etwas. Wir sehen uns an. Dann stehe ich auf, fasse seine Hände und frage: Willst du mit mir tanzen.
Er tanzt mit mir.
Ich ziehe die Liebe wie Ballettschuhe an. Ich tanze auf Zehenspitzen und drehe Pirouetten. Tagsüber schwebe ich auf meinen seidenen Schuhen, aber nachts schmerzen meine Füße, und der Schlaf beschert mir böse Träume.
Im Herbst fahren wir zurück in das Heimatland.

Im Frühjahr treffen Selja und ich unsere deutschen Freunde in Kopenhagen. Zwei Tage und zwei Nächte verlassen mein Freund und ich das Hotelzimmer nur, um etwas zu essen zu holen. Einmal treffe ich ein schwules Paar an der Würstchenbude. Ich streichele dem einen über den Rücken und sage: *Kärleken.*
Er missversteht mich, denkt, ich will ihm meine Liebe anbieten. Er dreht sich um, lächelt und zeigt auf seinen Freund. Ich liebe ihn, sagt er.
Und ich liebe jemanden dort, sage ich, zeige auf das Hotel, laufe mit den Hotdogs zu meinem Geliebten und springe zu ihm ins Bett.
Wir berauschen uns an Haut und an Haaren, wir

saugen uns die Augen aus dem Kopf und pressen die Worte auf die Lippen.
Dann ist das Fest der Liebe vorbei. Selja und ich fahren mit dem Schiff nach Helsinborg und trampen von dort aus durch Schweden bis nach Stockholm. Wir trampen nachts, aber ich habe keine Angst. Ich bin zu glücklich, um Angst zu haben.
Hundert Kilometer vor Stockholm hält ein Wagen, in dem sitzen zwei schwedische Jungen. Wir sagen ihnen, dass wir es eilig haben. Wir müssen das Schiff nach Finnland am frühen Morgen erreichen. Sie nicken, und wir steigen ein. Aber sie fahren nicht in die Richtung, in die wir wollen. Sie fahren in einen Wald, halten an, drehen die Köpfe und lächeln uns hämisch an. Selja zieht ein großes Messer aus der Tasche. Ich klopfe auf den Kasten meiner Schreibmaschine, als wäre ein Maschinengewehr darin. Die Schreibmaschine hat mein Freund mir aus Deutschland mitgebracht. Einer der Schweden steigt aus und öffnet uns die Tür. Sie lassen uns mitten in der Nacht in der Einöde stehen.
Die Schreibmaschine hat uns gerettet, sage ich zu Selja.
Sie schüttelt den Kopf. Das Messer, sagt sie.
Wir laufen und laufen. Gegen Morgen kommt der erste Wagen vorbei. Er hält, und der Mann nimmt uns mit. Er fährt die Zeitungen in die Dörfer. Er bringt uns nach Stockholm, bis zum Hafen.
Sollen doch die Leute auf ihre Zeitung warten, sagt

er, und aus dem Radio schallt: *No milk today, my love is gone away.*

Auf dem Schiff sitze ich in der Kabine. Mein Unterleib schmerzt von den Zuwendungen der Liebe, meine Brust schmerzt vor Sehnsucht nach ihnen. Ich halte die Schmerzen fest. Ich will sie nicht verlieren.
Ich habe mit meinem Freund Schluss gemacht, sagt Selja. Warum, erzählt sie nicht. Über meine Fragerei schüttelt sie den Kopf, lächelt und schweigt.
Ich schreibe. Ich schreibe Briefe, Gedichte und Geschichten. Ein paar Geschichten schicke ich an eine Zeitschrift. Der Redakteur schickt sie zurück. Er schreibt: In unserer Zeitschrift werden Geschichten veröffentlicht, in denen Kommas, Punkte und andere Satzzeichen nach den üblichen Rechtschreibregeln gesetzt werden, was aber nicht heißt, dass deine Geschichten schlecht sind. Und das heißt auch nicht, dass die Geschichten, die wir drucken, gut sind.
Ich merke mir seinen Namen.
Als ich Geld für die nächste Deutschlandfahrt brauche, rufe ich ihn an. Eine Krimiübersetzung kann er mir anbieten. Ich nehme an. Er lädt mich zum Essen ein. Er ist liebenswert, dickbäuchig, kahlköpfig und alt. Fünfundvierzig Jahre.
Ich erzähle ihm meine Liebesgeschichte.
Und dazu erklingen *Carmina Burana* von Orff und

Play Bach von Jacques Loussier, sagt er.
Woher weißt du das?, frage ich.
Es klingt nach einer derartigen Liebe, sagt er, als hätte er alle Variationen der Liebe schon mal gespielt.
Und du?, frage ich.
Ich schreibe Artikel über Politiker, Boxer und Fußballer. Manchmal lese ich auch ganz kurze Geschichten ohne Kommas und Punkte, wenn sie aus Versehen auf meinem Schreibtisch landen. Ich gehe einmal in der Woche in die Sauna, und alle vierzehn Tage frage ich meine Frau: Willst du mich noch?
Das klingt nicht sehr romantisch, sage ich.
Zur Hölle mit der Romantik, sagt er. Die vermisse ich am allerwenigsten.

Er gibt mir die Kriminalgeschichte, das Geld für die Übersetzung, kauft mir dicke Handschuhe, küsst die Narbe auf der Innenseite meines Handgelenkes und sagt: Lass nicht zu oft Blut ab, das macht anämisch.
Die Übersetzung habe ich ihm nie zugeschickt. Er hat sich auch nicht danach erkundigt. Einmal schickt er mir nach Deutschland ein zwanzig mal dreißig Zentimeter großes Foto seines Auges. Auf der Rückseite steht: Ich werfe ein Auge auf dich.

Bevor ich Finnland verlasse, fahre ich in die Heimatstadt, um meine Geschwister zu besuchen. Ich gehe tagsüber zu ihnen, während mein Vater und die Stiefmutter bei der Arbeit sind. Am Abend verstecke ich mich auf dem Dachboden. Einer meiner kleineren Brüder verplappert sich und verrät mein Versteck.

Mein Vater steigt die Treppen hoch, öffnet die Luke und sagt: Unten gibt es etwas zu essen.

Die Stiefmutter beäugt mich misstrauisch. Sie mag mich nicht, weil ich sie nicht mag.

Ich mache mit meinem Vater einen Spaziergang und erzähle ihm, dass ich nach Deutschland fahren werde, dass ich dort leben will.

Wenn du meinst, sagt er.

Denkst du noch oft an Mutter?, frage ich.

Werde ich wohl. Wie soll ich sie vergessen?, sagt er.

Ich habe sie nie richtig kennen gelernt, sage ich. Sie hat mir nie etwas über sich erzählt. Ich weiß nicht, was für ein Mensch sie war! Ich habe sie nicht verstanden.

Ich habe sie auch nicht verstanden, sagt er. Mit dem Verstand kann man keinen Menschen lieben.

Ich bleibe ein paar Tage. Als ich in Helsinki anrufe, erfahre ich von Selja, dass ich mit ein paar Kurzgeschichten einen Literaturpreis gewonnen habe.

Ich erzähle es meinem Vater, als wir wieder einen Spaziergang zusammen machen, und er sieht mich nachdenklich an.

Als ich sieben Jahre alt bin, haben meine Eltern einen heftigen Streit. Wir sind draußen, meine Mutter, mein Vater und ich. Draußen ist es dunkel, und meine Mutter und mein Vater schreien sich durch die Dunkelheit an. Zwischen ihnen liegt eine Wasserpfütze. Dann schlägt mein Vater meine Mutter, und die Wasserpfütze wird tief wie ein Graben. Ihre Worte füllen ihn mit Wasser. Das Wasser breitet sich aus und trennt die beiden immer mehr voneinander. Das Wasser wächst zu einem großen Fluss. Ich schwimme auf meine Mutter zu. Aber die Strömung treibt mich auf die andere Seite, zu meinem Vater.
Geh zu deiner Mutter!, sagt er. Ich schwimme wieder über den Fluss, und als ich dort ankomme, schickt mich meine Mutter zurück. Als ich keine Kraft mehr habe, hin und her zu schwimmen, holt meine Mutter mich aus dem Wasser.
Mein Vater kommt an dem Abend nicht nach Hause, und meine Mutter sagt: Du bist nicht seine Tochter. Du bist die Tochter eines Schriftstellers.
Sie lügt, ich will ihr nicht glauben. Ich liebe meinen Vater. Sie kann ihn mir nicht mit einem Satz wegnehmen.
Nie wieder spreche ich meine Mutter auf diesen Abend an. Und auch sie sagt nie wieder etwas dazu.

Ich bin doch deine Tochter?, frage ich meinen Vater, als wir den Feldweg entlang spazieren.

Wenn du willst, sagt er. Und bring doch deinen deutschen Freund mal zur Musterung vorbei. Reden kann man ja mit ihm nicht. Oder spricht er finnisch?

Meine Geschwister begleiten mich zum Bahnhof. Sie sind jung und blass. Sie haben noch keine Fahrkarten für den Zug nach Süden, und als ich ihnen vom Zugfenster aus zuwinke, komme ich mir vor, als hätte ich den letzten Pfeil mitgenommen, mit dem sie den Vogel des Glücks hätten treffen können.

Willst du die Schreibmaschine mitnehmen?, fragt Selja in Helsinki.
Natürlich.
Du wirst keine Geschichten mehr schreiben, sagt sie.
Wenn man liebt, wird man zu einer Geschichte, sage ich.
Selja lächelt: Aus einer Frau wird schnell eine alte Geschichte.
In der Nacht vor meiner Abreise schlüpft Selja in mein Bett. Sie berührt mit ihren stumpfen kurzen Zehen zaghaft meine Waden und hält meine Hand einen Augenblick fest. Sie sagt: Ich liebe dich. Ich wünsche, dass du glücklich wirst.
Dann geht sie wieder in ihr Bett.

Ich schlief unruhig. Auch nach dem Frühstück war ich unruhig. Heute wollte ich Selja besuchen. Aber erst ging ich in die Buchhandlung.
Heinrich Böll, Günther Grass und Max Frisch hielten schon seit Jahren die Ehrenplätze der deutschen Literatur, und sie waren immer noch gut vertreten. Ich entdeckte keine Übersetzungen von Büchern der jüngeren deutschen Schriftstellergeneration.
Es wird viel englischsprachige Literatur übersetzt, sagte die Buchhändlerin. Auch die Lateinamerikaner sind bei uns sehr beliebt. Alles kann man ja nicht übersetzen. Finnland ist ein kleines Land.
Und die Finnen schreiben ja selbst so viel, sagte ich. Sie haben doch bestimmt auch schon mal einen Roman geschrieben?
Ich! Nicht, dass ich wüsste, wehrte sie entsetzt ab.
Ich las ein paar Zeilen aus dem Buch von Timo K. Mukka: Sie presste mit allen Muskeln, als das Kind sich aus der Gebärmutter löste und sich in der engen Hüfte bewegte, auch wenn es schmerzhaft war und sie jeden Augenblick sich vorstellen konnte, dass der Schmerz aufhörte, wenn sie nicht mehr pressen würde, sondern still daläge und das Kind von allein herausgleiten ließe. Aber das Pressen kam, als hätte sie jemand dazu gezwungen, sie konnte nicht widerstehen.
Plötzlich stiegen mir Tränen in die Augen. Ich schämte mich, legte das Buch weg und sagte zu der Buchhändlerin:

Die Geschichten von Timo K. Mukka habe ich immer sehr geliebt. Als ich hier vor langer Zeit gearbeitet habe, lagen seine Bücher, wegen der zu gewagten Liebesszenen, unter dem Ladentisch, neben den Büchern von Henry Miller.
Sie lächelte. Das gibt es jetzt nicht mehr. In Finnland kann niemand mehr etwas schreiben, das verboten würde, weil es zu gewagt ist. Auch die Autoren der anderen Länder müssten sich schon sehr viel Mühe geben, um hier die Vertreter der Kirche, des Staates, der Schulbehörde oder die anderen Leser zu schockieren.
Mich haben sie schon damals nicht schockiert, sagte ich. Der Vater einer Freundin versteckte den *Wendekreis des Krebses* auf dem Klo unter dem Zeitungsstapel. Meine Freundin und ich lasen das Buch mit fünfzehn.
Und hat es Ihnen gefallen?, fragte sie.
Ich weiß es nicht mehr. Wir lasen es hauptsächlich, um zu erfahren, warum ihr Vater das Buch gekauft hatte.
Haben Sie es herausgefunden?
Nein, es ist sein Geheimnis geblieben. Wahrscheinlich, weil es sich unter dem Ladentisch befand wie Pornographie. Ich glaube, er hat all die Stellen gelesen, die wir überschlagen haben und umgekehrt.
So ist wenigstens das ganze Buch gelesen worden, sagte die Buchhändlerin und lachte.

Ich kaufte ein paar Gedichtbände und setzte mich in den Park, um zu lesen. Vom Park aus konnte ich das Schulgebäude und die Birken auf dem Hof sehen. Rechts der Schule stand das Pfarrhaus und links eine alte Reithalle aus der Zeit der schwedischen Herrschaft.
Ich konnte mich nicht auf die Gedichte konzentrieren. Ich dachte an Kinder. An die Kinder, die Selja und ich waren, an das Kind, das ich geboren hatte. An die nicht geborenen Kinder von Selja.

Einmal, als wir Schwimmen gehen, sehen Selja und ich ein ertrunkenes Kind. Die Leiche des Kindes liegt am Strand. Viele Leute versammeln sich um sie, es ist ein Junge, vielleicht zehn Jahre alt. Keiner sagt etwas oder tut etwas. Wir bilden nur einen stummen, andächtigen Kreis um das Kind, als seien wir die eingeladenen Trauergäste.
Dann sagt ein Mann: Wir müssen die Leiche wegschaffen. Seine Worte brechen den unsichtbaren Reif, der uns einen Augenblick zusammengehalten hat.
Selja und ich gehen zu dem Platz, wo unsere Handtücher und Kleidungsstücke liegen. Wir ziehen uns schnell an und verlassen den Strand.
Worte sind schrecklicher als der Tod, sagt Selja.

Während meiner Schwangerschaft bekomme ich eine Karte von Selja. Diese Welt soll von Gott geschaffen sein?, schreibt sie. Sonst nichts. Ich antworte nicht darauf. Ich bin glücklich mit dem Kind in meinem Leib. Es wächst, und mit seinem Wachsen wächst meine Freude an den Tagen und an den Nächten.

Kann ich hier bleiben?, fragt mein Mann die Schwester, als er mich ins Krankenhaus bringt. Nein, auf keinen Fall, antwortet sie. Es ist noch nicht so weit. Gehen Sie nach Hause, wir kümmern uns um Ihre Frau.

Jetzt kommt es, sage ich. Aber die Schwester glaubt mir nicht. Sie lässt mich in einer Abstellkammer liegen. Die Zimmer sind überfüllt. In dieser Nacht werden viele Babys geboren. Ich stehe auf und lege mich auf die kalten Fliesen in der Toilette, und bete, dass das Kind noch nicht kommt. Nicht, solange ich allein bin. Als ich auf dem Boden liege, denke ich, dass ich Selja alles beschreiben werde. Die Schmerzen, die Einsamkeit und auch den seltsamen Genuss an diesem Schmerz, der einen Sinn hat. Gegen Morgen wechselt das Personal.

Eine andere Hebamme kommt. Sie untersucht mich und bereitet mich für die Geburt vor. Als ich das Kind nicht mehr halten kann, rufe ich leise. Die Putzfrau, die gerade ihren Eimer und Aufnehmer bringt, schreit laut auf. Sie rennt auf den Flur und holt die Hebamme. Die Hebamme holt den Arzt, und dann ist alles schnell vorbei. Sie nehmen mir das Kind weg. Es ist schon blau angelaufen und

muss in ein Sauerstoffzelt. Wenn es stirbt, will ich auch sterben, denke ich. Und dann schlafe ich ein. Nach einer Weile werde ich geweckt und in ein anderes Zimmer gebracht. Das Kind liegt im Sauerstoffzelt neben meinem Bett.
Als mein Mann kommt, zeige ich etwas beschämt auf den erschöpften Winzling. Aber dann sage ich mit stolzer Stimme: Ich habe ein Kind geboren. Unseren Sohn!
Der Mann in dem grünen Krankenhauskittel nickt und lächelt. Er sieht seinen Sohn an. So vorsichtig, als könnten dem Kind sogar aufdringliche Blicke wehtun.

Ich schreibe Selja und schicke ihr Fotos von unserem Sohn. Sie schreibt zurück, dass sie eine Fehlgeburt gehabt habe. Ich schreibe ihr noch einige Male, aber sie antwortet nicht mehr.
Ein paar Jahre später treffen wir uns in Finnland. Sie ist mit Raimo zusammen und lebt in der Stadt, in die ich nie wieder zurückkehren will.

Ich schaute auf die Uhr und machte mich auf den Weg zu Selja und Raimo. Sie wohnten in einem von sechs zweistöckigen Reihenhäusern, die von außen wie Sozialwohnungen aussahen.

Selja hatte ein Steuerberatungsbüro an der Hauptstraße der Stadt gehabt. Aber sie hatte es vor einigen Jahren verkauft.
Vor der Häuserreihe stand ein Polizeiwagen. Ich suchte nach der Wohnungsnummer. Ich brauchte sie nicht, ich hörte Raimos Stimme. Die untere Tür war nur angelehnt. Ich trat ein. Zwei Polizisten versperrten mir auf dem Flur den Weg. Was ist hier los?, fragte ich.
Hier ist die Sonne geplatzt!, rief Raimo.
Selja kam mir entgegen. Sie war von oben bis unten mit gelber Farbe bekleckert. Der Fußboden, die Sessel, die Wände, der Tisch waren mit gelber Farbe gesprenkelt. Die ganze Wohnung hatte etwas davon abbekommen.
Wir wollten alles schön machen für dich, sagte Selja. Wir haben sogar neue schwarze Sessel gekauft. Guck mal! Nagelneu.
Hier ist es wieder zu Handgreiflichkeiten gekommen, sagte einer der Polizisten. Aber wenn Sie die Herrschaften kennen, dürfte Sie das ja nicht überraschen.
Diese Frau kennt uns überhaupt nicht, sagte Raimo. Außerdem lebt sie in Deutschland. Dort bekämpfen sich die Eheleute nicht so unritterlich. Sie singen um die Wette Volkslieder oder werfen sich Verse aus Goethes *Faust* an den Kopf!
Dort wurden Individuen wie du früher vergast, sagte der eine Polizist.

Sachte, sachte, sagte Raimo. Du beleidigst unseren Gast. Für die Dame haben wir ja das ganze Feuerwerk veranstaltet. Es sollte ein schönes, harmonisches Essen werden, aber wie es in diesem von Ungewissheit beherrschten Leben nun mal häufiger geschieht, ist alles anders gekommen. Also entweder lecken wir die Farbe ab, oder wir verzichten auf die kulinarischen Genüsse und steuern die nächste Kneipe an.
Sauf nicht so viel, warnte einer der Beamten. Du weißt ja, was auf dich wartet, wenn du Ärger machst. Wir drücken diesmal ein Auge zu, aber beherrsch dich!
Wer weiß schon, was er tut, und warum er es tut!, rief Raimo, küsste den Polizisten auf beide Wangen und lachte.
Der rieb sich angeekelt mit der Hand das Gesicht ab, der Ältere der beiden schüttelte den Kopf und schmunzelte.
Dann seht mal zu, dass ihr wieder auf die Beine kommt, sagte er, und die Beamten verließen die Wohnung.
Such du dir einen farblosen Stuhl aus!, sagte Raimo zu mir und setzte sich selbst auf den Fußboden. Er zog sein T-Shirt aus und rieb Selja damit ab, so gut es ging. Sie lächelte geduldig, Raimo rubbelte, und ich ging in die Küche, um einen Kaffee zu kochen. Die Kaffeemaschine blubberte, von der Wand tropfte gelbe Farbe auf den Holzfußboden, draußen miaute eine Katze, und Selja und Raimo versuchten gleich-

zeitig zu erklären, wie es zu dieser Szene gekommen war.
Am Abend zuvor hatten sie etwas getrunken, und dabei war ihnen die Idee gekommen, die Wohnung gelb zu streichen. Nicht nur zu meinem Empfang, sondern auch zu Ehren des Mittsommernachtfestes. Die Idee war so ausgezeichnet, dass sie darauf noch etwas hatten trinken wollen. Aber es war schon so spät gewesen, dass kein Alkoladen mehr geöffnet hatte.
Also waren sie mit dem Taxi zu einem Mann gefahren, der Schnaps schwarz verkaufte und hatten ihr ganzes Geld für drei Flaschen Schnaps ausgegeben. Danach hatte ihnen das Geld für die Farbe und die Pinsel gefehlt. Aber es hatte ihnen nicht an Ideen gefehlt. Sie riefen den Besitzer von Seljas ehemaligem Büro an und luden ihn zu einem Drink ein. Er fuhr auch sofort mit einem Taxi vor.
Sie tranken die eine Flasche Schnaps leer, und bekamen von ihm das Geld für die Farbe. Nach der zweiten Flasche war er bereit, auch ein paar neue Möbel mitzufinanzieren. Nach der dritten Flasche mussten sie wieder ein Taxi bestellen und Nachschub holen, weil ihnen die Ideen auszugehen drohten.
Am Morgen waren sie ziemlich müde, aber immer noch fähig, sich in ein Taxi zu setzen, zwei Sessel und die Farbe, neue Pinsel und Roller zum Streichen zu kaufen. Als die Sessel gebracht wurden, behauptete Selja, sie hätte sich andere ausgesucht, und

Raimo fand, dass sie ohnehin keine neuen Sessel bräuchten. Der Besitzer des Steuerberatungsbüros, der immer noch mit von der Partie war, begann nüchtern zu werden. Er wollte sein Geld zurückhaben, das er in einem Zustand der Unzurechnungsfähigkeit herausgerückt hatte.
Also musste Raimo noch mal los, um etwas zu trinken zu holen. Nachdem der Geldgeber seine Großzügigkeit wieder gefunden hatte, waren Raimo und Selja am Ende ihrer Fantasie. Sie schickten den Gast mit dem Taxi nach Hause. Nun sollten die Malerarbeiten beginnen. Und während Raimo sich auf die Leiter stellte, damit der erste gelbe Strich gezogen wurde, legte Selja sich ins Bett zum Schlafen. Sie wurde weder vom Rütteln noch vom Schreien wach. Raimo wollte sie nicht schlagen. Das war schon zu oft vorgekommen. Also setzte er sich in eine Ecke, trank und wartete geduldig, dass sie aufwachte. Als sie dann wach wurde, schlief er. Sie rüttelte ihn wach – aus einem schönen Traum –, und in dem Augenblick vergaß er, dass er sie nie mehr hatte schlagen wollen. Er langte zu, und sie schrie. Dann schleuderte sie den Farbeimer in seine Richtung. Er nahm eine Farbdose, öffnete sie und machte es ihr nach. Er traf, und sie schrie und schrie, und als sie aufhörte zu schreien, standen die Beamten bereits vor der Tür.
Ist das nicht eine Story für dich?, fragte Raimo. Du schreibst doch?

Für Kinder, antwortete ich.
Kinder verstehen was von Farbe, meinte er. Das Problem, das sich jetzt stellt, ist: Wir haben weder etwas zu essen, noch Hunger. Wir haben aber auch nichts zu trinken. Und wir haben nur einen einzigen verdammten Stuhl, auf den man sich setzen kann, ohne dass man einen gelben Arsch bekommt. Und auf dem Stuhl sitzt unser seltener Gast mit runden Augen und fragt sich: Wie komme ich hier am schnellsten raus?
Es tut mir Leid, sagte Selja zu mir. Aber du weißt ja, wie nervös ich immer bin, wenn ich Besuch bekomme. Ich wollte, dass alles hier besonders schön ist.
Sie ist schon durchgedreht, als sie dich im Supermarkt entdeckt hat. Aber solche Gefühle kannst du wohl nicht verstehen?, sagte Raimo.
Du kennst sie doch gar nicht!, sagte Selja.
Ich kenne sie nicht! Ich weiß, dass sie nicht scheißen kann, weil ihr Arschloch so zart und klein ist. Ich weiß, dass sie nicht essen kann, weil sie Angst hat, so dick und rund zu werden wie die Erdkugel. Ich weiß, dass sie Gedichte schreibt, und ich habe die langweiligen Zettel gelesen, die sie dir in der Pubertät während der langweiligen Schulstunden zugeschoben hat. Ich weiss, wann sie ihre Periode bekommen hat und wie der erste Kerl hieß, in den sie verliebt war. Ich habe die Bilder gesehen, die sie gemalt hat, und ich kenne ihren fuchsbärtigen Mann und Fotos von ihrem gemeinsamen Sohn, wie er vor

zwanzig Jahren das Licht der Welt erblickte. Ich habe alle Häuser dieser Stadt gesehen, in denen sie und ihre verrückte Familie gewohnt haben. Ich habe ihren Bruder zu Grab getragen. Ich kenne sie so gut wie ich dich kenne. Ich kenne diese Dame sogar besser, als ich dich kenne, weil du mehr über sie geredet hast, als über dich selbst. Aber ihre Geschichte ist auch die einzige, die du mir erzählt hast. Nein, unsere Selja ist wahrhaftig keine Scheherazade. Weiß Gott, warum ich sie noch am Leben lasse. Ein einziges Märchen in zwanzig Jahren! Aber mir muss man nicht alles erzählen. Ich kann ja sehen! Ich bin ein Mann mit Augen, mir muss man die Dinge nicht ins Ohr flüstern. Weiber! Die eine stellt sich seit ihrer Kindheit vor Angst tot, und du (er zeigte auf mich), du hoppelst kreuz und quer über die europäischen Felder wie ein aufgescheuchter Hase.

Ich glaube, ich gehe, sagte ich und stand auf.

Wenn du es glaubst, musst du es tun, sagte Raimo. Ich muss sowieso weitersaufen. Ich hoffe nur, die Leber hält durch.

Selja brachte mich zur Tür.

Ich bin auch etwas durstig, sagte sie.

Brauchst du Geld?, fragte ich.

Sie schüttelte den Kopf. Ich habe eine Flasche versteckt.

Ich bin von zu weit her gekommen, um einfach zu gehen. Ich bin gekommen, um ich zu sein, ohne gleichzeitig eine andere sein zu wollen. Ich weiß nicht, ob ich weit genug bin, um stehen zu bleiben, schrieb ich in mein Reisetagebuch und ging dann in die Apotheke.
Ich brauchte ein Mittel gegen Magenschmerzen.
Haben Sie auch Durchfall?, fragte die Apothekerin.
Nein, es ist nur meine Gastritis. Sie ist chronisch. Am besten hilft irgendeine Milch oder ein Gel, das die Magenschleimhaut schützt.
Sie sah ihre Auswahl durch und gab mir dann eine Packung mit flachen Beutelchen.
Wenn sie nicht helfen, sollten Sie vielleicht zum Arzt gehen, sagte sie.
Ich ging zur Post und telefonierte von dort aus mit einer anderen finnischen Freundin. Ich habe ja auch Freundinnen, die ihr Leben im Griff haben, dachte ich, als ich den Hörer ans Ohr hielt.
Diese Freundin hatte gerade einen Kritikerpreis bekommen. Sie schnurrte wie eine Katze, die einen vollen Bauch hat, und sich kurz streicheln lässt, bevor sie sich einen warmen Platz zum Schlafen sucht.
Gratuliere, sagte ich knapp.
Das Tragische ist, dass es für mich kaum noch Preise zu holen gibt. Ich habe sie bald alle in der Tasche. Man steht in der Mitte des Lebens und stellt fest, dass man alles erreicht hat, was man in diesem Land erreichen kann.

So tragisch ist es nun auch wieder nicht. Es gibt noch ein paar andere Länder, sagte ich. Ich habe Magenschmerzen.
Du Ärmste. Was machst du auch in dieser schrecklichen Stadt. Dort gibt es weder Kultur noch Vergnügen.
Hier gibt es eine Menge Tote! Und ich schreibe nun mal gerne Nachrufe!
Komm doch mal vorbei!, sagte sie.
Liegst du im Sterben?, fragte ich in dem zynisch leichten Tonfall, den sie mag.
Sie lachte. Sterbende lachen nicht.
Als ich zu meiner Pension unterwegs war, fiel mir eine Stelle aus dem Buch *Die Falschmünzer* von André Gide ein. Jemand sagt zu jemandem. «Sie haben alle Eigenschaften eines Literaten: Sie sind eitel, verlogen, ruhmsüchtig, unzuverlässig, egoistisch …»
Ich hatte kein Vertrauen zu den Intellektuellen dieses Landes. Ich misstraute ihnen wie ich Fremdwörtern misstraute. An ihnen haftete die Erinnerung an den verzweifelten Eifer der einsamen Finger, die sich hinter einem schweren Vorhang Erleichterung verschaffen. Sie rochen nach einem einsamen Samenerguss. Und sie rochen ein wenig nach Stall, nach Bauern, die keine mehr sein wollen. Sie rochen nach dem Schweiß der Eltern, die in die Fabrik gingen, damit ihre Söhne jeden Tag ein weißes Hemd anziehen und damit ihre Töchter von der Welt träumen konnten, die ihnen die Füße küsst.

Ich misstraute den Intellektuellen, und ich misstraute mir. Meine Liebe gehörte den erfolglosen Träumern, und denen, die nicht einmal zu träumen gelernt hatten. Und es waren die nichtgeträumten Träume und die ungesagten Worte, die mich verfolgten.

Aber es gab auch ausgesprochene Sätze, die ich nie vergesse.

Die Sätze unserer Psychologielehrerin, die uns auch in Religion unterrichtete: Ich werde deine Arbeiten nur noch nachsehen, wenn du sie in Blockschrift schreibst. Und achte auf deinen Seelenfrieden, deine Handschrift verrät eine Neigung zur Schizophrenie.

Ihr Satz hat mich damals in Verzweiflung gestürzt.

Und es gibt die Sätze des sympathischsten aller mir bekannten Pastoren. Auf meine Frage kurz vor der Konfirmation: Gibt es Gott?

Ich bin nicht in der Lage, die göttliche Wahrheit zu verkünden, ich versuche nur, ein paar tröstliche Worte weiterzugeben.

Damit ihr immer ein Herz füreinander habt, sagt meine Mutter, als sie uns beiden zur Konfirmation silberne Herzen schenkt. Ein Herz für Selja, ein Herz für mich.

Zu meinem Zimmer in der Pension gehörte keine Badewanne. Nur eine Nasszelle. In einer Nasszelle kann man sich nicht entspannen. Mein Magen schmerzte, und ich war unruhig.
Du weißt ja, wie nervös ich immer bin, wenn Besuch kommt, hatte Selja gesagt.
Ich bin auch nervös, wenn ich andere besuche. Wenn ich mir selbst fremd werde. Wenn das Herz sich anfühlt wie eine tickende Bombe. Manchmal wünsche ich mir, es würde explodieren, sich selbst vernichten und alles in seiner Nähe in so winzige Teile zersplittern, dass niemand mehr den Versuch machen würde, sie zusammenzusetzen.
Aber meistens versuche ich, die Bombe zu entschärfen.

Ich ging in die Sauna. Ich schwitzte neben den anderen Schwitzenden. Wir hockten auf den Holzbrettern und sahen dem Wasser nach, wie es in Rinnsalen unsere Körper entlanglief. Ich wischte mir den Schweiß von der Stirn, damit mir das beißende Wasser nicht in die Augen rann. Als die Hitze mich schwindelig machte, verließ ich den Saunaraum und nahm eine kalte Dusche. Ich schwamm, stieg wieder auf die heißen Bretter, die für viele Finnland bedeuten, und schwitzte. Mein Magen fühlte sich an, als hätte ich glühende Briketts zum Frühstück gegessen. Ich schnappte nach Luft, aufgeregt wie ein Hund nach einem Knochen.

Mir wurde übel, und ich stieg schnell hinunter, duschte mich und legte mich in einen der Ruhesessel. Es würde vorbeigehen. Der Magen würde aufhören, sich selbst aufzufressen, das Herz würde sich wieder an sein Wohnrecht erinnern, und der Atem würde sich in den Lungen bewegen, anstatt am Ausgang hin und herzuflattern.
So geschah es auch. Nach einiger Zeit. Ich zog mich wieder an und ging auf die Straße.
In der Lebensmittelabteilung eines Supermarktes kaufte ich ein Stück Kochschinken, ein halbes Pfund Butter, ein Roggenbrot und ein Messer. In dem Alkoladen, den ich jetzt kannte, holte ich eine Flasche Wein und ging dann in die Pension.
Falls ein Anruf für mich kommt, ich bin in meinem Zimmer, sagte ich an der Rezeption.
Bisher hat niemand angerufen, sagte der Mann, der Dienst hatte.
Ich riss einen Beutel des Gastritismittels auf und trank die breiige Flüssigkeit. Dann schmierte ich mir ein Butterbrot und belegte es mit einer dicken Scheibe Schinken. Ich nahm die Weinflasche mit und setzte mich auf die Bettkante. Ich kaute gut und spürte, wie die Kiefernmuskeln und die Zähne arbeiteten.
Ich goss mir ein Glas Wein ein und legte mich lang. Es beruhigt den Magen, wenn man sich nach dem Essen hinlegt. Essen beruhigt, und der Wein beruhigt. Das Aufgeben beruhigt. Nach dem zweiten

Glas Wein dachte ich, wie erlösend es wäre, das Zimmer nie wieder zu verlassen. Oder nur, um sich eine Flasche Wein zu holen, ein Brot, ein Stück Butter und Schinken. Ich würde auf dem Bett liegen, essen und trinken und die weißen leeren Wände anstarren, die mich an nichts erinnern würden. Es hing zwar ein Stadtplan an der Wand, aber vom Bett aus konnte ich keine Straßennamen erkennen, nur eine Menge parallel und quer verlaufender Linien.
Gegen Abend klopfte jemand an die Tür.
Anruf für Sie in der Rezeption, rief die männliche Stimme mir zu.
Es war mein Mann.
Ich beschrieb ihm die physischen Beschwerden ausführlich.
Und wie geht es dir sonst?, fragte er.
Sonst ist nichts, sagte ich und erkundigte mich dann nach seinem Befinden, nach dem Befinden unseres Sohnes, nach dem Befinden der Freunde, Feinde, der Schwiegermutter, Schwager und Schwägerinnen, Katzen, und wie das Wetter war.
Beschissen, sagte er. Es war wohl die Antwort auf die Wetterfrage. Ich war aber nicht sicher. Weil ich weder die Fragen noch die Antworten richtig hörte. Ich wollte nur, dass seine Stimme immer weiter sprach. Aber ich ließ ihn gar nicht zu Wort kommen. Als ich auflegte, flammten die Briketts in meinem Magen wieder auf. Ich schleppte mich zurück ins Bett, trank den Rest des Weins und schlief ein.

Ich stand auf einer Wüstenstraße. Die Spuren von Autoreifen waren klar im Sand zu erkennen. Links und rechts der Autospuren standen zwei primitive Holzhütten. Sonst war nichts zu sehen. Um die kleinen Hütten wehte der Sand. Aus einer der Hütten klangen Flötentöne. Querflöte, dachte ich und ging auf die Hütte zu. Nach ein paar Schritten blieb ich stehen und sah nach, ob meine Füße auf dem Sand Spuren zurückließen. Als ich meine eigenen Spuren sah, lachte ich leise auf. Plötzlich erschallte ein lautes Gelächter, das gleichzeitig aus der linken und der rechten Hütte zu ertönen schien.
Als ich aus dem Traum erwachte, hatte ich eine trockene Kehle. Ich holte mir ein Glas Wasser.
Telefon für Sie!, rief eine ziemlich mürrische Männerstimme. Ich sah auf die Uhr. Der kurze Zeiger stand zwischen zwölf und eins. Ich zog schnell Hosen und einen Pullover über und ging hinunter zur Rezeption.
Die Wohnung ist fast aufgeräumt, sagte Selja. Raimo hat aufgehört zu trinken. Und ich auch, fast.

Am nächsten Morgen ging ich zum Arzt, eigentlich zu einer Ärztin. Ich kannte ihren Namen. Bei ihr war ich schon mal gewesen, wenn auch nicht in ärztlicher Behandlung.

Ehe ich nach Helsinki fuhr, um mein Studium zu beginnen, brauchte ich ein Darlehen. Da ich nicht mit meinem Vater sprach, konnte ich ihn auch nicht fragen, ob er für das Darlehen bürgen würde. Ich fragte einen von seinen Bekannten, der mir seine Unterschrift gab. Aber ich brauchte noch einen zweiten Bürgen. Mir fiel die Ärztin ein, die mir gefiel, weil sie unter der aseptischen Ärzteschaft der Stadt auffiel. Sie sah aus wie eine Bardame oder eine junge Puffmutter.
Ich besuchte sie in ihrer Praxis und schilderte ihr knapp meine Situation. Sie hörte zu und fragte: Wo ist das Papierstück? Ihre Stimme war heiser und dunkel. Und in ihrem Sprechzimmer roch es leicht nach Zigarettenrauch.
Ich erklärte ihr, dass sie in der Bank unterschreiben müsse. Sie versprach dort vorbeizugehen, und sie hielt ihr Versprechen.

Die Sprechstundenhilfe notierte einige persönliche Daten und bat mich dann, im Wartezimmer Platz zu nehmen. Außer mir saß dort nur ein älterer Mann, der von Zeit zu Zeit hustete und sich dabei an die Brust fasste. Ich setzte mich ihm gegenüber.
Nach einiger Zeit ließ er die eine Hand auf der Brust liegen und sagte zu mir: Ich habe es auf der Brust.
Ich nickte.
Und du?

Ich habe es am Magen.
Irgendwo hat man es ja immer, meinte er.
Die Ärztin kam aus ihrem Sprechzimmer. Kannst reinkommen, Laukkanen, sagte sie zu dem Mann. Sie warf mir einen Blick zu. Ich grüßte sie mit einem Kopfnicken, und sie zog die eine Augenbraue ein wenig höher. Sie sah immer noch aus wie eine Puffmutter. Ihre Haare waren blauschwarz gefärbt, die Lippen grellrot, ebenso die langen Fingernägel.
Laukkanen hustete eifrig im Sprechzimmer. Ich stand auf und sah mich um. An der Wand hinter meinem Stuhl entdeckte ich ein Gemälde von Raimo. Es war ein schwermütiges Bild, das eine Art von Krankenzimmer darstellte. Fünf Ärzte, dünn und lang wie die Figuren von Alberto Giacometti, gekleidet in weiße Kittel, die bis zu den Füßen reichten, standen mit blassen Gesichtern in einer Ecke des Bildes wie eine ratlose Gruppe von Gespenstern. In der anderen Ecke stand ein ebenso dünner Mann, aber er war nackt. Aus einem kleinen Gitterfenster drang das Licht auf den Boden des Raumes. Das Licht trennte die Gruppe von dem Mann.
Das Licht aus dem Fenster war rosa wie die Haut des nackten Mannes. Der Raum war nebelgrau, an einigen Stellen fast durchsichtig.
Frau Hmm, sagte die Ärztin hinter meinem Rücken. Ist das ein deutscher Name?
Ja.
Aber Sie sprechen finnisch?

Ich bin Finnin, sagte ich.
Was für ein Glück, meine Deutschkenntnisse sind nicht mehr die besten. Dann kann ich dich ja auch duzen. Komm doch rein.
In ihrem Sprechzimmer hingen noch zwei Gemälde von Raimo. Auch sie Darstellungen von Kranken und ihren Heilern.
Die Bilder gefallen mir, sagte ich. Ihnen anscheinend auch?
Ihnen?, wiederholte sie spöttisch. Doch schon so deutsch geworden.
Aber mich siezen die Leute hier auch, antwortete sie.
Wahrscheinlich, weil du sie siezt! Die Bilder gefallen mir auch sehr, sagte sie dann. Ich habe sie allerdings nicht alle gekauft. Eins habe ich als Honorar für meine Leistungen kassiert. Der Künstler ist mein Patient, manchmal besorgt er mir auch Patienten. Sie lächelte und hob wieder eine Augenbraue hoch.
Die Frau, mit der er zusammenlebt, ist meine Freundin, sagte ich.
Hier sagen wir, seine Frau, auch wenn die beiden nicht verheiratet sind, klärte sie mich auf. Immerhin leben sie schon zwei Jahrzehnte zusammen. So, du bist eine Freundin von Selja? Hast du Selja und Raimo schon getroffen?
Nur ganz flüchtig.
Nun, flüchtig sind die beiden ja immer. Es ist keine leichte Beziehung, die sie da eingegangen sind. Dei-

ne Freundin hat einige Stiche und Wunden hinnehmen müssen.
Wir haben uns lange nicht mehr gesehen. Und sie hat mir nichts davon erzählt.
Damit gibt man wohl kaum an. Vielleicht braucht sie die Wunden. Und was kann ich für dich tun?
Ich habe Magenschmerzen. Es ist Gastritis, glaube ich. Ich habe diese Beschwerden häufiger.
Du musst es wissen. Wenn es so ist, brauche ich keine Untersuchungen durchzuführen. Und zu einer Magenspiegelung bist du wohl nicht in die Heimat gekommen. Ich gebe dir ein paar Pillen, die den Magen beruhigen.
Schickst du mir eine Rechnung, oder soll ich gleich bezahlen.
Ich schicke bestimmt keine Rechnungen ins Ausland, sagte sie. Behalt dein Geld für schönere Sachen. Ich habe doch nur den Kugelschreiber bewegt.
Du hast schon einmal etwas für mich getan, sagte ich und erzählte von ihrer Bürgschaft für mein Studiendarlehen.
Ich wusste doch, dass wir uns von irgendwoher bereits kennen. Was hast du denn studiert?
Theaterwissenschaften, Kunst … aber ohne Examen.
Dann hast du wohl deine Prüfungen in anderen Bereichen absolviert. Ganz ohne Prüfungen kommt keiner von uns aus, meinte sie und seufzte erschöpft, als hätten die Prüfungen in ihrem Leben eine zu große Rolle eingenommen.

Ich erzählte ihr, dass ich auch andere Bilder von Raimo gesehen hätte, die mir nicht gefielen.
Die besten Bilder hat Raimo während seines Aufenthalts in der Psychiatrie gemalt. Sie sind aus seiner Verzweiflung entstanden. Der Schmerz ist verbraucht, und was geblieben ist, reicht nicht aus, um die Bilder zu malen, die er malen möchte. Aber er malt trotzdem. Ich kann es ihm nicht verübeln. Wir Ärzte halten auch Menschen am Leben, die eigentlich schon tot sind. Zum Teil, weil immer ein wenig Hoffnung übrig bleibt, aber auch, weil es so schwer ist, den Tod zu akzeptieren. Wir sind wohl alle ein wenig Künstler, Ärzte und Therapeuten. Wir alle versuchen, die Schmerzen zu lindern und die Zeit für uns zu gewinnen. Mit Farben, Klängen, Wörtern, Messern, Tupfern, Portemonnaies, was immer uns in die Hand gegeben wurde, sagte sie und fragte dann: Wie bist du eigentlich mit dem Tod deiner Mutter fertig geworden. Sie hat sich ja das Leben genommen?
Ich fühle mich schuldig an ihrem Tod, sagte ich.
Einfach so, wie wir uns alle schuldig fühlen, wenn jemand stirbt, oder gibt es einen konkreten Grund?
Für mich gibt es Gründe, sagte ich.
Schrecklich für dich, sagte sie. Dann müsstest du ja Raimo gut verstehen.
Das tue ich auch, sagte ich.

Raimo schritt vor der Pension auf und ab.
Ich wollte dich zum Essen holen, sagte er. Es gibt Nakkis, Kartoffelbrei und Rote Beete.
Die Nakkis sind von der Pohjolawurstfabrik, Kartoffelbrei wird selbst gestampft, die Rote Beete habe ich geschält, und sie kochen bereits im Salzwasser.
Sein Gesicht war blass und aufgedunsen, das Weiß seiner Augen gelblich verfärbt.
Selja hat die ganze Nacht geheult wie ein Seelöwenjunges, das die Mutter verlassen hat. Sie hatte Angst, du würdest die Heimat hungrig verlassen und auf den kulinarischen Hochgenuss von finnischen Würstchen verzichten müssen, sagte er.
Ich habe schon eine Menge Nakkis hier gegessen.
Aber nicht mit uns, sagte er. Und du bist ja nicht gerade oft hier.
Ich bin fast jeden Sommer hier gewesen, aber nur ein paar Stunden auf dem Friedhof, sagte ich. Danach bin ich schnell wieder weggefahren, ohne jemanden zu besuchen. Ich habe immer Angst gehabt, in dieser Stadt zu sterben.
Raimo sah mich spöttisch an. Und welche Stadt hast du für dein Sterben ausgesucht?, fragte er.
Wir nahmen ein Taxi, weil Selja mit dem fast fertigen Essen wartete, und Raimo sich zum Laufen zu schlapp fühlte. Der Taxifahrer kannte ihn. Sie unterhielten sich, und ich sah aus dem Fenster. Als ich die Straßen und Wege, die ich früher zu Fuß gegangen war, aus dem Taxifenster betrachtete, kam ich mir

wie ein Tourist vor. Die Fußgänger draußen hatten ein Ziel. Sie gingen nach Hause. Oder sie kamen von Zuhause. Sie wirkten fröhlicher als sonst. Vielleicht war es schon die Vorfreude auf die Johannisnacht.
Raimo redete ununterbrochen und heftig auf den Taxifahrer ein, als müsste er ihn von einer wichtigen Sache überzeugen. Er sprach über die Qualität der Frühkartoffeln.
Kartoffeln schmecken immer, sagte der Taxifahrer, als wir ausstiegen. Aber die ersten sind natürlich die besten, das bestreitet doch niemand.

Die Wohnung war aufgeräumt. Hier und da waren noch Spuren der gelben Farbe sichtbar, aber sonst herrschte eine fast penible Ordnung.
Auf dem für drei Personen gedeckten Tisch stand ein Blumenstrauß mit Sumpfdotterblumen.
Weißt du, wo ich sie gefunden habe?, fragte Selja.
Ich schüttelte den Kopf.
Im Wald hinter eurem violetten Haus.
Ihre Worte weckten in mir plötzlich die Sehnsucht nach all den Häusern, in denen ich in meiner Kindheit gewohnt hatte. Aber ich wusste, dass ich sie nicht aufsuchen würde. Es waren zu viele. Und ich suchte nicht nach den Häusern, sondern nach den Menschen, die in den Häusern gelebt hatten, und die gestorben waren. Und ich suchte immer noch nach dem Land, das mir den Boden unter den Füßen geben würde. Nach dem Land meiner Väter,

nach der Sprache meiner Mutter, die in mir schwieg.
Wer wohnt jetzt in dem Haus?, fragte ich.
Weiß ich nicht, eine Familie mit kleinen Kindern, auf der Wäscheleine hängen Windeln, kleine Hemdchen und Unterhöschen.
Raimo stellte die Herdplatten wieder an und sah in die Töpfe.
Du hast die Nakkis hoffentlich nicht kochen lassen?, fragte er Selja.
Sie antwortete nicht, warf nur einen Blick auf Raimo, der für ihn wohl Antwort genug war.
Ich sah mir Raimos Bilder an, die an den Wänden hingen.
Willst du eins haben?, fragte Raimo.
Wie soll ich es im Flugzeug mitschleppen?
Wenn du wolltest, könntest du es. Ich verschenke auch keine Bilder mehr. Ich wollte nur prüfen, ob sie dir gefallen.
Ich nehme doch nicht alles mit, was mir gefällt, sagte ich.
Da wäre ich nicht so sicher!, meinte er.
Wir setzten uns zum Essen. Eine Gabel voll Kartoffelbrei, ein Stück Würstchen, eine Scheibe Rote Beete, ein Schluck Preiselbeersaft. Ein Stück Würstchen, eine Scheibe Rote Beete und etwas Kartoffelbrei. Eine Gabel voll für die Mutter, eine Gabel voll für den Vater, eine Gabel voll für die Schwiegermama, eine Gabel voll für den Präsidenten und eine Gabel voll für alle ungeborenen Kinder!, sagte Raimo.

Wir prosteten uns mit dem Preiselbeersaft zu. Meine Magenschmerzen ließen nach, und ich aß noch zwei Würstchen mit Senf.
Ich dachte, du könntest gar nicht essen, sagte Raimo anerkennend. Auf jeden Fall hat deine Freundin hier so etwas behauptet. Immer wenn wir unsere Fressorgien feiern, erzählt sie mir die Geschichte von einem jungen Mädchen, das sich nur von Lakritze und Schokolade ernährt.
Das Mädchen gibt es nicht mehr, sagte ich und lachte. Ich esse auch Würstchen.
Ich trinke auf die Verblichene!, rief Raimo und leerte sein Saftglas.
Dann zog er eine schmerzverzerrte Grimasse und fragte Selja: Um wie viel wetten wir, dass ich an Leberversagen sterbe?
Das ist keine Wette wert. Die ganze Stadt weiß, dass du an deiner Leberzirrhose zu Grunde gehst. Außerdem schließe ich mit dir keine Wetten ab, die du nach deinem Ableben doch nicht mehr bezahlen kannst!
Wir spülten das Geschirr, trockneten ab und räumten es gemeinsam ein. Selja polierte den Spültisch mit einem trockenen Lappen, bis er glänzte. Sie leerte die Aschenbecher und säuberte sie sorgfältig mit Haushaltspapier.
Als unsere Blicke sich trafen, sagte sie: Raimo hat es gerne ordentlich. Außerdem war ich nie eine Schlampe. Du warst es. Zwar hast du den Dreck nicht unbe-

dingt unter den Teppich gekehrt, aber um die Ecken hast du dich auch nicht gekümmert. Immer nur um die Mitte.

So was nennt man «sich auf das Wesentliche konzentrieren», sagte Raimo.

Unser Gespräch plätscherte zwangslos und heiter dahin, aus dem Fenster sah ich bis zum Waldrand, wo die Tannen standen, auf dem Hof befestigte der Hausmeister die Finnlandflagge am Fahnenmast, übermorgen war Mittsommernacht, und ich war bei Freunden.

Selja erzählte Raimo von unserem ersten Besuch im Theater.

Wir waren vierzehn oder fünfzehn, sagte sie.

Fünfzehn, sagte ich.

Erzähl du, sagte Selja.

Also wir waren fünfzehn, und eine Theatergruppe aus der Großstadt gab ein Gastspiel. Unser kleines Stadttheater war voll.

Alle Damen der besseren Gesellschaft in langen Kleidern und alle Herren im Smoking, und all diejenigen, die gerne Damen gewesen wären, in selbstgenähten silbern und golden glänzenden Kreationen, und die dazugehörigen Herren im Anzug und mit der einzigen Krawatte versehen, die sie sich je angeschafft hatten. Und die Kinder der Damen und Herren und die Kinder derjenigen, die nur einen Abend das Vergnügen hatten zu glänzen, und die Mütter und die Väter der Damen und Herren und die Vertreter aller

Schichten waren dort. Selja und ich bewegten uns unsicher auf unseren hohen Absätzen, zwischen all den Rocksäumen und den frisch geputzten schwarzen Lackschuhen der Männer. Wir toupierten uns auf der Damentoilette die Haare zu einem hohen Turm, um eine ansehnliche Größe zu erreichen, wenn wir schon von Natur aus etwas kurz geraten waren.
Gleich nach dem ersten Klingeln stürmten alle in den Saal. Danach klingelte es noch zweimal, bis die Lichter ausgingen, und die Aufführung begann. Es gab die Operette *Gräfin Mariza* von Kalman. Ich kann dir nicht sagen, worum es bei der Singerei ging. Ich weiß nur, wie es sich anhörte. Die Sopranstimmen trillerten wie Kanarienvögel, denen die Tenöre das Sprechen beizubringen versuchten. Seitdem habe ich keine einzige Operette mehr angehört. Ich bekomme Gänsehaut, wenn ich nur eine Melodie höre, die einer Operette ähnlich klingt.
Ich verabscheue gesungene Worte, sagte Selja. Aber ich habe mich darüber amüsiert, als du vor Enttäuschung anfingst zu heulen, und die Leute dich trösten wollten, weil sie glaubten, du nähmest dir die Liebesgeschichte der Gräfin so zu Herzen. Ich hatte keine Erwartungen an die Aufführung. Weder an die Aufführung noch an irgendeine andere. Wer nichts erwartet, kann auch nicht enttäuscht werden.
Raimo zuckte die Schultern. Er langweilte sich bei unseren Erinnerungen über unsere ersten Schritte auf hohen Absätzen.

Meine Eltern hielten mich für ein schwarzes Schaf. Wenn ich ein weißes gewesen wäre, hätte ich ihnen nicht Kummer bereitet, sondern wäre Politiker geworden wie mein Bruder und hätte dem Volk Kummer bereitet, sagte Raimo. Wir waren auf dem Weg zum Friedhof.

Die Schwalben schnappten nach Insekten, irgendwo hoch oben in der Luft flatterte eine Lerche, und in den Büschen und Bäumen zirpten Blaumeisen, Kohlmeisen und andere kleine Vögel, deren Namen ich nicht mehr wusste.

Vor dem Friedhof stand ein kleiner Kiosk, an dem Blumen verkauft wurden.

Die Verkäuferin sah gleichgültig an uns vorbei. Sie hatte ein Kaugummi im Mund, das sie langsam und bedächtig durchkaute.

Hast du Margeriten?, fragte ich sie.

Ne!

Hast du Ringelblumen?

Ne!

Und Veilchen?

Ne!

Was hast du denn?

Das, was du da draußen siehst. Topfblumen halt.

Ich suchte drei rote Geranien aus und bezahlte.

Es wäre aufregender, einen Negerkuss zu essen, als die zu bumsen, sagte Raimo.

Wenn Mattsson hier wäre!, sagte ich und sah Selja an.

Da müsste sie sich anders benehmen, sagte Selja. Aber Mattsson liegt unter einem beschrifteten Stein und kann das Friedhofsleben nicht mehr beeinflussen.
Und zu unserer Zeit gab es keinen Kiosk, sagte ich.

Wir radeln zum Friedhof. Schneller!, ruft Selja mir zu. Mattsson kriegt wieder einen Wutanfall! Ich trete in die Pedale. Schon wieder zu spät. Er wird es vom Lohn abziehen.
Wir lehnen die Fahrräder an die Steinmauer und rennen den Sandweg entlang. Mattssons Häuschen ist noch geschlossen. Glück gehabt. Ungeduld mimend, schlendern wir vor seiner Wächterhütte hin und her.
Wenn er kommt, soll er glauben, dass wir schon lange auf ihn warten. Wir können nicht ohne ihn anfangen. Er hat alles eingeschlossen, die Gießkannen, die Hacken, die Rechen und die kleinen Schaufeln.
Dann hören wir sein Mofa. Er ist der Einzige, der auf dem Friedhof mit einem Mofa fahren darf. Alle anderen würde er zum Teufel jagen. Er bremst vor unseren Füßen.
Jetzt aber flink, flink, sagt er. Ich musste noch Blumen besorgen. Er nimmt seine Ledertasche vom Gepäckträger. Seine Blumen klirren und scheppern. Misstrauisch sieht er uns an. Wir haben doch wohl nichts gehört? Wir lächeln ihn unschuldig an. Unsere Ohren sind taub, und unsere Münder mit Lo-

yalität versiegelt. Solange er sich anständig uns gegenüber benimmt. Zumindest halbwegs.
Er schließt auf. Aus seinem Häuschen schlägt uns ein entsetzlicher Gestank entgegen, als hielte er dort ein paar Leichen versteckt. Aber es sind nur Essensreste, die in den Ecken, auf dem Tisch und auf dem Fußboden verfaulen.
Er schnappt sich den Schlüssel für die Gärtnerei. Heute wird ordentlich zusammengefegt! Morgen ist Feiertag. Es wird zwar niemand vor Johannis zum Friedhof kommen, aber die verehrten Verstorbenen sollen es auch schön haben. Außerdem kommen nach dem Mittsommernachtsfest immer ein paar Tote. Der Weg zur Leichenhalle muss heute besonders schön gefegt werden. Nun beeilt euch, Mädchen. Das ist kein Gymnasium! Hier muss man nicht nachdenken. Nehmt eure Sachen und macht euch an die Arbeit. Ich sehe alle Wege nach!
Wir harken den Sand auf den Wegen mit den Rechen zu einem Muster. Das verlangt Mattsson. Die Wege müssen ein exaktes Zickzackmuster aufweisen. Alle Kiefernnadeln müssen wir zusammenrechen, alle Tannenzapfen aufsammeln.
Als wir den einen Weg fertig haben, kommt Mattsson und latscht durch das schöne Muster. Er winkt uns zu und lacht wie ein Idiot. Er hat seinen Blumen zu tief in die Augen geguckt. Er kommt und will uns anfassen. Wir versuchen, seinen fettglänzenden Fingern zu entkommen und seinem von

Spucke und billigem Wein spritzenden Mund möglichst fernzubleiben.
Gute Mädchen, lallt er. Dafür gibt es viel Geld für Johannis. Lasst es jetzt gut sein mit dem Rechen. Legt euch ein wenig in die Sonne hinter der Friedhofsmauer. Dort, wo die Blumenbänke sind. Ruht euch ein bisschen aus. Ihr seid jung, was bedeuten euch die Verstorbenen schon. Geht nur, geht auf die andere Seite der Mauer. Mattsson passt auf die Toten auf!
Wir gehen. Wir legen uns auf die Wiese vor den Blumenbeeten und träumen vom Johannistanz. Aber uns bleibt nicht viel Zeit für unsere Träumereien.
Mattsson kommt. Sein Gesicht ist vor Wein und Wut rot.
Hier liegen die Schlampen. Und die Stadt bezahlt euch dafür, dass ihr ein Sonnenbad nehmt. Dafür wird nicht bezahlt. Ich ziehe es von eurem Lohn ab. Ich kann mich auch nicht in die Sonne legen. Jetzt aber schnell. Die Wege müssen noch fertig werden. Ihr geht nicht nach Hause, bis alle Wege geharkt sind. Ich kann auch nicht nur ans Vergnügen und den Johannistanz denken. Jemand muss sich ja um die Toten und ihre Wohnungen kümmern.
Wir sind schon aufgesprungen. Eilig ziehen wir unsere Pullis über die T-Shirts. Unter den Bäumen des Friedhofs ist es kühler. Wir laufen, und Mattsson läuft uns hinterher und schimpft.

Wir harken und harken.
Später kommt Mattsson wieder angetorkelt. Gute Mädchen, sagt er. Wenn ich euch nicht hätte. Wer würde den Weg zu den Gräbern so schön rechen. Wunderbar sieht er aus. Wie der Weg ins Paradies. Dicke Tränen fließen über seine schmutzigen aufgeschwemmten Wangen.

Was meinst du?, fragte Raimo mich.
Wozu? Ich habe eben nicht zugehört. Ich dachte an die Sommer, als Selja und ich hier gearbeitet haben, sagte ich.
Diese verdammten Kindheitserinnerungen!, sagte er. Ich fragte dich, ob deine Großeltern es mir wohl übel nehmen, wenn ich ihnen die Pfifferlinge wegesse, die über ihren Köpfen wachsen.
Ich glaube kaum, sagte ich und lachte. Als Selja und ich hier arbeiteten, haben wir nie Pilze gefunden. Ich wusste gar nicht, dass auf diesem Boden Pfifferlinge wachsen.
Doch, viele sogar, sagte Raimo. Und die gehören alle uns. Niemand macht sie uns streitig. Die Toten kommen nicht an sie heran, und die Lebenden sammeln keine Pilze auf dem Friedhof. Sie empfinden es als pietätlos, etwas zu essen, was aus der Erde ihrer verstorbenen Verwandten gewachsen ist. Früher, und in anderen Kulturen hat man sogar das Herz der Allerliebsten verspeist. Aber wir essen lieber Tigerpenisse. Unsere Angst vor menschlichen Leichen

verdanken wir der Religion. Trotz der Lehre, dass die Seele nach dem Tod den Körper verlässt, ist die Vorstellung, dass die Seele ganz körperlos gegen Himmel wandern muss, wohl zu abstrakt. Die Leichen müssen in ihren weißen Nachthemden in die Lüfte steigen, damit man sie sieht, wenn sie den Eingang zum Paradies des Himmels suchen.
Quatsch nicht so viel, sagte Selja.
Wir blieben vor dem Grab des Pastors stehen, der uns konfirmiert hatte. Von seiner Tochter bekamen Selja und ich den ersten Schluck Alkohol. Kirchenwein aus dem Schrank des Vaters. Er merkte es wohl nicht, und wenn, hätte er nichts gesagt. Seine Kinder wussten, dass er mit den heiligen Getränken auch seine weniger heiligen Bedürfnisse befriedigte.
War ein toller Bursche, sagte Raimo. Ich hatte das Vergnügen, ein paar Mal mit ihm zu saufen, bevor er sich von dieser sündigen Welt verabschiedete.
Ich zeige dir das Grab meines Vater, sagte Selja.
Es war, wie die meisten Gräber, nicht bepflanzt. Vor dem Grabstein war eine kleine flache Sandfläche, auf die man Blumen und Blumenvasen stellen konnte. Wegen der langen Winter lohnte sich eine Grünbepflanzung nicht. In der Mitte stand eine Begonie.
Mutter ist wohl hier gewesen, sagte Selja. Sich selbst kauft sie nie frische Blumen, aber ihn verwöhnt sie immer noch.
Ich suchte in dem Bilderkasten meines Gedächtnisses nach einer Aufnahme von Seljas Vater, einem

kleinen Mann mit stechenden Augen und zynischem Mund. Ich erwischte das Bild, in dem er über den Hof geht. Vermutlich zur Toilette, auf das Holzklo, um heimlich Henry Miller zu lesen.
Nach zwei Anginapectoris-Anfällen hörte er auf zu trinken und widmete sich ganz der Pflege seines Herzens, sagte Selja. Aus ihm ist noch ein ganz brauchbarer Ehemann geworden. Einer von denen, die viel bereuen und oft seufzen. Als er beerdigt wurde, ist Raimo fast mit ins Grab gerutscht.
Aber ich habe mich gewehrt, sagte Raimo.
Wir setzten uns auf die Steinmauer und hielten die Gesichter in die Sonne.
Bei meiner Geburt wurde ich herausgeschleudert wie eine Rakete und traf einen Baumstamm. Der Stamm brach entzwei, und meine Mutter schrie vor Schrecken. Im nächsten Leben, flüsterte ich meiner Mutter zu, bringst du bitte lieber einen Pfifferling zur Welt!, sagte Raimo.
Und ich, ich wurde in einer dickbäuchigen Milchflasche geboren. Mein Vater goss einen Schuss Rum dazu. Ich trank die Milch und sehnte mich nach mehr Rum. Ich fiel in ein Luftloch und dachte, ich möchte immer wieder fallen!, sagte Selja.
Ich setzte das Geburtsspiel fort: Ich wurde in einem Boot geboren. Mein Vater legte mich in einen Eimer zu den Barschen und Rotaugen. Meine Augen glänzten vom Wasser. Die Barsche wurden gebraten, die Rotaugen gesalzen und roh gegessen. Aber

ich wurde mit Küssen für das Leben auf der Erde vorbereitet, sagte ich.
Angeberin!, rief Raimo.
Er atmete tief ein, wie jemand, der tauchen will. Mit einer Hand strich er über die grauen Steine, mit der anderen ergriff er Seljas Hand und sagte: Depressive sollten keine Friedhöfe besuchen. Aber sie tun es. Man sollte alle Depressiven in den Wald schicken. Zum Bäumefällen und Singen. Dann hätten die psychiatrischen Kliniken weniger Patienten.
Und in den Wäldern stünden weniger Bäume, sagte Selja.
Wir schlenderten an den bekannten und unbekannten Toten vorbei. Vor dem offenen Buch auf dem Grabstein meiner Großeltern machten wir Halt. Neben dem Grab wuchs eine Gruppe Pfifferlinge. Ich stellte eine Geranie vor das in den Stein gehauene Buch, dessen Seiten niemand umblätterte.
Auch der Grabstein meiner Mutter war ein aufgeschlagenes Buch. Mein Vater hatte den Stein ausgesucht, weil er aussah wie ein Buch, das niemand zu Ende gelesen hat. Es war in der Mitte aufgeklappt. Auf der einen Seite stand der Name meiner Mutter, auf die andere Seite kam zwanzig Jahre später der Name meines Vaters.
Das Leben ist ein Buch, das kein Mensch zu Ende lesen kann, egal wie alt er wird, sagte mein Vater. Als neugierige Leserin war das für mich eine erschreckende Vorstellung.

Also, ich will kein Buch über meinem Kopf haben, sagte Raimo zu Selja. Mich interessiert keine Zeile mehr, wenn ich eines Tages davonfliege.
Du würdest ohnehin keine Ruhe finden, wenn du etwas lesen würdest, und niemandem erzählen könntest, was du gelesen hast, sagte Selja.
Ich stellte die zweite rote Geranie auf das Grab meiner Eltern.
Ich ging noch einmal den Weg entlang, den ich im April vor sechsundzwanzig Jahren gegangen war.

Es regnet an dem Tag. Es ist Eisregen, wie es ihn im April häufig gibt.
Mattsson ist besoffen wie immer. Er fuchtelt mit den Armen und flucht wegen des Regens.
Mutter liegt im Sarg. Ich habe sie nicht mehr gesehen, meine Geschwister auch nicht. Wir müssen glauben, dass sie in dem Sarg liegt, den Vater und fünf andere Männer zur Grabstelle tragen.
Wir gehen hinter ihnen her. Wir versuchen, die Blumensträuße in unseren Händen vor dem Eisregen zu schützen. Wir versuchen, uns vor der Kälte zu schützen.
Niemand sagt etwas.
Am Grab redet der Pastor. Ich höre nicht, was er sagt, ich halte nur die Hand meiner Schwester und die Hand meines Bruders fest.
Das Grab wird zugeschaufelt, und die Leute legen ihre verregneten Blumen stumm auf den Erdhügel.

Niemand sagt ein Gedicht auf. Oder spricht andere Worte.
Als wir den Friedhof verlassen, kommt eine Frau auf mich zu, die bei der Beerdigung nicht dabei war.
Sie drückt mir die Hand und sagt: Deine Mutter war eine gute Frau.
Ich sage nichts, und mein kleiner Bruder Pekka schüttelt der Frau die Hand, schüttelt den Kopf und sagt: Ich verstehe nicht, warum sie tot ist.

Du hast sie überlebt, sagte Selja.
Ich wusste, was sie meinte. Ich war jetzt fünfundvierzig. Meine Mutter war dreiundvierzig Jahre alt, als sie starb.
Ich hatte immer gesagt, ich würde nicht so alt werden wie sie.
Wie oft hast du versucht, es ihr nachzumachen?, fragte Selja.
Ich antwortete nicht, ich lächelte sie nur an und sagte: Ich weiß wieder nicht, wo das Grab von Pekka ist.
Die Friedhofsgänger Selja und Raimo kannten die Gräber und die Wege dorthin. Sie führten mich.
Die in den kleinen gesprenkelten Naturstein gemeißelten Buchstaben waren kaum zu lesen. Die Vornamen meines Bruders waren Pekka John Gilbert.
Die Namen John und Gilbert bekam er zu Ehren von zwei Mormonen.

Gott war John erschienen, und John war Missionar geworden.
Gilbert arbeitete sich zum Millionär hoch. Er war einer der ersten, der die Fenster der Wolkenkratzer putzte.
Pekka John Gilbert erstickte in seinem Erbrochenen.

Auf dem Hügel neben Pekkas Grab stand ein bescheidenes Holzkreuz. Ich las den Namen und das Datum. Das Mädchen war achtzehn Jahre alt geworden. Sie war am selben Tag gestorben wie Pekka. Sie hat irgendeine Mixtur getrunken, die ihr nicht bekommen ist, sagte Selja. Damals streikten die Alkoläden. Die Leute, die trinken mussten, haben alles mögliche geschluckt, Petroleum, Haarwasser, Lampenöl.
Ich stellte die Geranie zwischen die beiden Gräber.
Vielleicht hätte John Gilbert nach Amerika gehen sollen, sagte Raimo und seufzte.
Wir gingen auf die kleine Eisenpforte zu, die zum Wald führte. Aber wir öffneten sie noch nicht, sondern setzten uns wieder auf die niedrige Mauer aus grauen Steinen. Ein Eichhörnchen huschte an unseren Füßen vorbei, und hinter unserem Rücken klopfte ein Specht an einen Baumstamm.
Mir fielen die Briefe ein, die Pekka meinem Mann geschrieben hatte. Auf englisch.
My dear brother-in-law. I am so glad you married

my sister. Because now she is happy. I love you and my sister. If you come to Finnland, bring me a little present. Whatever you wish. If you cannot come, send me some money. Just a little bit. Love. Your brother-in-law.

Ich lachte, und Raimo fragte: Erzählst du dir heimlich Witze?

Ich dachte gerade an Pekka.

Ist es so lustig, wenn jemand an der eigenen Kotze erstickt?, fragte er.

Ich schüttelte den Kopf. Ich habe nicht an seinen Tod gedacht, sondern an sein Leben.

Sein Leben war auch nicht gerade heiter, sagte Raimo.

Du hast Pekka ja gar nicht gekannt, sagte Selja zu Raimo. Seine Versuche, die Menschen auf sich aufmerksam zu machen, waren köstlich. Er war listig und unschuldig, gerissen und naiv zugleich.

Die Beschreibung könnte auch zu dir passen, sagte Raimo zu Selja. Aber du verführst mich nicht zum Lachen.

Mir liegt nichts daran, die Leute auf mich aufmerksam zu machen, und sie zu erfreuen schon gar nicht. Aber Pekka war einer dieser wahrhaften Clowns, über die die Menschen Tränen lachen.

Die Sonne schien auf unsere Gesichter, sie wärmte die Schultern und den Brustkorb. Die Kiefern und Tannen standen reglos zwischen den Gräbern wie riesige Wachposten.

Sag mal, warum habt ihr *Näkemiin*, auf Wiedersehen, auf Pekkas Grabstein eingravieren lassen?, fragte Raimo. Glaubst du, dass es so etwas gibt wie ein Wiedersehen?
Ich schüttelte den Kopf. Und dann nickte ich. Ich träumte manchmal von ihm. Das war auch eine Art des Wiedersehens.
Wenn du mal deprimiert bist, solltest du Holz hacken, sagte Raimo zu mir. Gedichte zu lesen, hilft auch nicht immer. Gedichte kann man nur lesen, wenn man die Traurigkeit genießen will. Aber es gibt die Traurigkeit, die man nicht genießen kann. Wenn sie dich in Stücke zu reißen droht, und dein Hirn am Zerplatzen ist, dann musst du Holz hacken. Holz hacken, bis dein Körper so kaputt ist, dass du meinst, du könntest tot umfallen. Das hilft. Teufel noch mal! Ich wünschte, es gäbe einen Gott.
Damit wir nicht mehr Holz hacken müssen?, sagte ich.
Damit wenigstens einer wüsste, warum wir Holz hacken müssen, sagte Raimo.

Der nächste Tag begann wolkenlos. Die Sonne wärmte schon am frühen Morgen. Als ich zum Frühstücksraum ging, rief die Angestellte an der Rezeption mir *Schönen Johannisabend* zu. Ich erwiderte

den Gruß. Ich war schon so viele Jahre nicht mehr zum Mittsommernachtsfest in Finnland gewesen, dass ich die Johannissitten fast vergessen hatte.
Das Mädchen, das mir den Kaffee servierte, fragte mich: Wo soll es denn heute Abend hingehen?
Sie hatte eine helle Bluse und einen luftigen Rock angezogen. Ihre Schritte waren schwungvoller als sonst. Vor dem Hauseingang standen Birken. Auch auf dem Hof des Polizeipräsidiums standen Birken, und die finnische Fahne wurde bereits hochgehisst.
Vor dem Alkoladen stand eine lange Menschenschlange.
Ich kaufte im Schreibwarenladen ein paar Postkarten und schrieb sie in einem Café. Auf den Tischen standen Kamillensträuße, und ich versuchte mich zu erinnern, wie diese Blume mit Johannis zusammenhing. Sicherlich irgendeine dieser Zaubereien, bei denen es darum ging, den Mann des Lebens für sich zu gewinnen.
Auch Selja und Raimo hatten ihren Hauseingang mit Birken geschmückt und wollten gerade mit ein paar Birkenzweigen zu Seljas Mutter, als ich kam.
Wir gingen zusammen zu ihr. Selja hatte einen Schlüssel, aber sie schellte trotzdem.
Wir haben dir ein paar Birkenzweige mitgebracht, sagte sie, als ihre Mutter die Tür öffnete.
Das sehe ich. Aber für ein *vasta* reichen die Zweige nicht, meinte sie.
Die sind nicht für den Saunaquast. Wir wollten mit

diesen zarten grünen Blättern deine Wohnung für Johannis schmücken, sagte Raimo.
Hier braucht man nichts zu schmücken. Es ist alles hübsch genug!
Wir setzten uns ins Wohnzimmer auf die Couch und in die Sessel. Seljas Mutter blieb an der Schwelle stehen und sah uns misstrauisch an.
Ihr wollt wohl nicht hier die Flaschen auspacken?, fragte sie.
Wir haben keine Flaschen dabei, sagte Selja.
Hier wird nicht gesoffen, sagte die alte Frau bestimmt. Sie kehrte uns den Rücken und verschwand.
Wir warteten einige Zeit auf ihre Rückkehr, aber sie kam nicht zurück. Selja ging ihr nach.
Sie hat sich ins Bett gelegt, sagte sie. Ich koche einen Kaffee und mache ihr Frühstück.

Selja schiebt mir in der Stunde einen Zettel zu.
Ich habe kein gutes Herz. Du kennst mich nicht. Ich mache mir nichts aus Menschen. Ich habe zum Beispiel noch nie etwas Nettes zu meiner Mutter sagen können, obwohl sie sich Tag für Tag für uns abrackert. Morgens in aller Frühe steht sie auf und macht uns Frühstück. Dann hastet sie in die Fabrik, bügelt und dämpft acht Stunden lang Mäntel, Röcke und Hosen. Sie kauft ein, kocht, putzt, wischt den Staub von ihrer Plastiktulpe und ringt nachts mit einem Besoffenen im Bett. Am nächsten Morgen steht sie wieder früh auf und macht das Früh-

stück, und das Jahr für Jahr. Damit ihre Kinder alles haben. Trotzdem kann ich nicht nett zu ihr sein. So ein Mensch ist nicht gut. Du glaubst es nur, weil du besessen davon bist, in jedem Menschen eine versteckte Goldader zu entdecken. Wenn du bei mir nach Gold suchst, wirst du arm sterben.

Als Selja in die Küche ging, kam ihre Mutter ins Wohnzimmer, setzte sich zu mir und fragte: Hast du gesehen, was für hübsche Birkenzweige Selja und Raimo mir zu Johannis mitgebracht haben? Ich koche Kaffee, und du läufst jetzt ins Geschäft und holst einen Hefezopf und eine Kinuskitorte!

Ich gehorchte. Als Kind hatte sie mich oft zum Kuchenholen geschickt. Sie wusste, dass ich gerne Kuchen einkaufte. Vielleicht erinnerte sie sich, vielleicht meinte sie aber nur, ich sähe so aus, als hätte ich viel Zeit und nichts zu tun. Im Supermarkt des Einkaufszentrums war Hochbetrieb. An diesem Tag merkte man nichts von der schlechten Wirtschaftslage. Jeder würde heute den letzten Pfennig ausgeben, ohne an morgen zu denken.

Als ich zurückkam, sagte Seljas Mutter: Hättest dich auch vorstellen können. Wie sollte ich dich wohl noch erkennen. Du bist als junges Mädchen weggegangen und kommst als reife Frau zurück. So viel Zeit hast du dir gelassen. Ein seltener Besuch! Der Mann ist mir inzwischen gestorben, eingesegnet hat man ihn, und nun liegt er in Gottes Erde und zittert

vor dem Jüngsten Tag. Du weißt, wie er war. Der hat Grund zum Zittern! Ich besuche ihn jede Woche und spreche ihm Mut zu. Er war ja nicht ganz schlecht. Die letzten Jahre seines Lebens hat er mit mir wie ein anständiger Mensch verbracht. So ist es mit den Männern, wenn nichts mehr geht, werden sie zahm wie die Schafe. Bist du auch verheiratet?
Ja, schon lange.
Kinder hast du auch?
Wir haben einen Sohn.
Einen Sohn nur! Deine Eltern haben es auf sieben Kinder gebracht. Aber man muss ja den Eltern nicht alles nachmachen.
Sie schlürfte ihren Kaffee aus der Untertasse, wie sie es früher getan hatte, wenn sie müde von der Fabrik nach Hause kam. Jetzt war sie wohl auch müde. Aber sie brauchte morgen nicht in die Fabrik und übermorgen auch nicht. Nie wieder. Und sie wusste nicht, was sie morgen machen sollte, sie wusste nicht, was sie übermorgen machen sollte, und auch nicht, was sie überhaupt noch hier sollte. Außer auf den Augenblick zu warten, an dem das Warten ein Ende hatte.
Sollen wir dich heute Abend zum Johannisfeuer abholen?, fragte Selja.
Ich habe keine Tanzkleider mehr. Die habe ich dem Roten Kreuz gespendet.
Brauchen die beim Roten Kreuz auch Tanzkleider?, fragte Raimo.

Na hör mal, die sind doch nicht für die Angestellten, sondern für die armen Leute. Glaubst du, wenn jemand arm ist, hat er kein Recht zu tanzen. Gerade die Ärmsten brauchen Kleider zum Tanzen. Ich habe auch so manchen Tango getanzt, sagte sie, stand auf und machte ein paar vorsichtige Tanzschritte.
Sie setzte sich wieder und schien uns vergessen zu haben. Sie wanderte auf ihren Erinnerungspfaden, die immer schmaler und holpriger wurden.
Selja bürstete ihrer Mutter die Haare. Zärtlich, wie die Mutter früher Seljas Haar gebürstet hatte.
Jetzt glänzen sie wieder, sagte sie zu ihrer Mutter.
Graue Haare glänzen nicht, sagte ihre Mutter.
Ihre Augen glänzten.
Als wir uns verabschiedeten, steckte sie Selja ein Fünfmarkstück in die Hand für ein Eis, überlegte einen Augenblick und nahm dann aus ihrem alten Lederportemonnaie noch ein Fünfmarkstück für mich.

Das Johannisfeuer brannte bereits, als wir in Halkokari ankamen. Der runde, graue Holzpavillon sah noch genau so aus wie vor neunundzwanzig Jahren, als ich auf dem Tanzboden meine ersten Tanzschritte gemacht hatte.
Aus dem Lautsprecher klang: *Anjaa, du Frau meines*

Lebens, wie lange hab ich auf dich gewartet … Ein paar junge Männer grölten den Text mit. Die Wände des Tanzpavillons wurden noch mit Birkenzweigen dekoriert und die Lautsprecher für den Sänger ausprobiert.
Für diesen Abend war ein namhafter Tangosänger engagiert worden. Ein Plakat mit seinem Bild hatte ich schon an mehreren Litfasssäulen der Stadt gesehen.

Und du bist sicher, dass du nicht mitkommen willst?, fragt mein Vater. Ich kann nicht, antworte ich, mir ist schlecht. Ich muss mich ins Bett legen. Er sieht mich erst bekümmert und dann etwas misstrauisch an und sagt: Ich mache mich auf den Weg. Aber du versäumst das Johannisfeuer auf der Insel. Wir wollen nachher auch Nakkis braten, und es gibt natürlich geräucherte Strömlinge.
Ich seufze, als würde mir das Herz zerbrechen, weil ich nicht auf die Insel fahren und mit meinem Vater und den Geschwistern das Mittsommernachtsfest feiern kann. Mutter bleibt ja zu Hause, sage ich mit einer jämmerlichen Kleinmädchenstimme.
Na gut, sagt mein Vater. An der Tür sieht er sich noch einmal um. Leg dich aber auch ins Bett!, mahnt er.
Ich sehe ihm, meiner Schwester und meinen Brüdern aus dem Fenster nach. Als seine Gestalt durch die Entfernung klein genug geworden ist, stürze ich zum Kleiderschrank. Dort hängt der neue Rock.

Ein schwarzer Rock mit riesigen roten Rosen. Ich ziehe ihn an und stelle mich vor den Spiegel. Meine Mutter kommt ins Zimmer.
Du siehst aus wie eine Zigeunerprinzessin, sagt sie lächelnd. Ich warte ungeduldig auf Selja. Sie will die Lippenstifte mitbringen und die Wimperntusche und eine hautfarbene Creme, womit man die Pickel abdecken kann. Ich bin fünfzehn, und heute werde ich das erste Mal zu Johannis tanzen.
Selja kommt. Sie hat ihren ganzen Make-up-Karton mitgebracht. Sie trägt ein helles, neues Sommerkleid. Der Stoff riecht leicht nach Aprikosen. Der Unterrock aus gestärktem Tüll raschelt, wenn sie sich bewegt. Meinen Rock hat Mutter genäht. Und sie hat mir einen Petticoat gekauft.
Wir schminken uns vor dem Spiegel. Selja hilft mir, die schwarzen Linien um den Wimpernansatz zu ziehen. So wirken die Augen größer, sagt sie.
Als wir fertig sind, stellen wir uns nebeneinander vor den großen Spiegel. Ich sehe Selja im Spiegel an, und Selja sieht mich an. Du siehst wunderschön aus, sagt sie. Du siehst wunderschön aus, sage ich.
Ihr seht beide hübsch aus, sagt meine Mutter.
Jemand schließt die Haustür auf. Mein Vater steht in der Tür.
Unsere Blicke treffen sich im Spiegel. Seine Mundwinkel ziehen sich missbilligend nach unten.
Zieh den Plunder aus und wasch dir das Gesicht!, sagt er.

Die schwarze Farbe, die die Augen größer machen soll, zerfließt mit den Tränen. Den hellroten Lippenstift und die Hautcreme rubble ich mit Seife und einem Schwamm herunter. Ich hänge den Rock in den Schrank und ziehe die Cordhose und Gummistiefel an. Mein Vater sitzt in der Küche und redet mit vor Wut gedämpfter, leiser Stimme mit Mutter. Selja steht immer noch im Schlafzimmer vor dem Spiegel, unbeweglich wie eine Schaufensterpuppe.

Ich bin fertig, sage ich zu meinem Vater.

Wir gehen. Meine Mutter und Selja stehen am Fenster. Ich sehe mich nicht um, aber ich spüre ihre mitleidigen Blicke in meinem Rücken.

Warum bist du zurückgekommen?, frage ich meinen Vater. Ich habe die Angel vergessen, sagt er.

Du lügst, sage ich.

Du hast auch gelogen. Ich bin zurückgekommen, weil ich etwas geahnt habe. Ich kenne dich. Du kannst mir nichts vormachen, sagt er. Du bist noch zu jung für den Johannisrummel. Das ist sowieso nichts für dich. Du bist ja ein vernünftiges Mädchen.

Im Jahr darauf darf ich am Abend vor Johannis auf den Tanzboden steigen. Die Holzbretter knarren.

Ich bin verliebt, und ich gehe zum Tanzen, damit ich ihn sehe.

Auch im übernächsten Jahr steige ich am Abend vor Johannis auf den Tanzboden. Die Holzbretter knarren. Ich gehe hin, damit er mich sieht.

Und ein Jahr später steige ich wieder auf den Tanzboden, die Holzbretter knarren, und ich tanze mit ihm. Und den ganzen Sommer gehe ich zum Tanzen.
Manchmal kommt er auch. Manchmal tanzt er mit mir. Ich tanze jeden Samstag, bis zum Herbst.
Im Herbst wird die Tanzfläche von kahlen Glühbirnen beleuchtet. Draußen ist es dunkel. Es riecht nach feuchtem Moos und brennenden Wacholderzweigen. In der Nähe des Tanzplatzes hat jemand ein Lagerfeuer gemacht. Der Tanzboden ist schon voll. Links stehen die Mädchen, rechts stehen die Jungen. Die Musiker machen eine Pause. Ich gehe etwas unsicher auf den hohen Absätzen meiner geliehenen Schuhe. Aber tanzen kann ich damit. Als ich bei den anderen Mädchen in Sicherheit bin, blicke ich in die Reihe der jungen Männer. Ist er dabei? Der, für den ich mir die Schuhe von einer Freundin ausgeliehen habe, den engen Rock von einer anderen und die Haarfrisur von Farah Diba abgeguckt habe.
Ich kenne viele der Tänzer, mag viele, tanze mit allen, aber ich warte immer auf den einen.
Die Musiker kehren auf ihre Plätze zurück, die ersten Takte des Tangos erklingen, die jungen Männer setzen sich in Bewegung. Einige rennen und gleiten über den Holzboden, damit ihnen nicht ein anderer das Mädchen wegschnappt, mit dem sie tanzen wollen.

Eine Verbeugung, ein kurzes Nicken, und schon liegt man sich in den Armen. Die Füße probieren die gemeinsamen Schritte, die Schenkel suchen einander, die Körper sollen zusammenschmelzen im gemeinsamen Rhythmus, sich finden in der Sehnsucht.

Die falschen Schenkel, ein Fehltritt, feuchte Hände, ein törichtes Lächeln, ein falsches Wort, und der Zauber ist vorbei.

Ein Tänzer kommt, verbeugt sich vor mir. Ich tanze mit ihm. Aber mit ihm kommt nicht die Erlösung von der Sehnsucht. Kommt nicht einmal die Sehnsucht. Die Schenkel bleiben steif, der Bauch kalt und die Brüste abweisend.

Na, wie gehts?, fragt der Tänzer und grinst. Er hält sich für gut aussehend. Er ist gut aussehend. Aber er ist nicht der, den ich suche.

Ich tanze und tanze, und der Abend wird dunkler, und die Musiker werden müder, und ich will nach Hause gehen.

Darf ich dich nach Hause bringen?, fragt der schöne Tänzer und drückt mich etwas fester an sich.

Ich nicke, und der Tänzer drückt mich noch einmal. Er hält mich am Ellbogen fest, als wir die Stufen vom Tanzboden zur Erde hinuntersteigen. Unten kommt *er* uns entgegen.

Er sieht die Hand an meinem Arm, er sieht den Tänzer, dem die Hand gehört, er hebt die Augenbrauen und fragt: Du gehst schon?

Ich bleibe, rufe ich stumm. Aber aus meinem Mund kommen nur die Worte: Ja, ich gehe.

Ich habe nie getanzt, sagte Raimo. Dieses Rumgehopse ist lächerlich. Und wenn ich einer Frau meinen Wunderstab zwischen die Schenkel schieben will, muss ich sie nicht vorher stundenlang über den Boden schleifen. Und die Texte der Tangos sind ja zum Heulen. Wenn ich heulen will …
Hackst du Holz, sagte ich.
Neben der Tanzfläche war ein Zelt mit langen Tischen und Stühlen aufgebaut. Dort gab es Getränke, Würste und Kuchen. Außer Bier wurde nichts Alkoholisches angeboten. Früher gab es kein Getränkezelt. Die jungen Männer brachten ihre Schnapsflaschen mit und tranken heimlich in den Büschen.
Die Flaschen mit Hochprozentigem machten auch jetzt die Runde. Raimo verschwand mit einem Bekannten im Wald. Als er zurückkam, glänzten seine Augen, und seine Wangen waren rosig.
Er zog mich zur Seite. Pass ein wenig auf Selja auf. Sie soll nicht trinken. Ich weiß zwar, dass sie heimlich trinkt, aber sie soll nicht wissen, dass ich es weiß. Sie kann nicht aufhören, wenn sie einmal angefangen hat.
Das ist das Problem aller Alkoholiker, sagte ich.
Der Platz füllte sich. Das Lachen der Leute klang fröhlich, sommerlich. Die Musiker setzten sich auf ein Podium an der Tanzfläche. Der Akkordeonspieler

ließ ein paar Takte eines Tangos ertönen. Das Gelächter verstummte. Alle sahen auf die Tanzfläche. Der Tangosänger kam. Ein Zigeuner in weißem Hemd und schwarzem Anzug. Er wurde mit begeistertem Applaus begrüßt.
Er sprang aufs Podium, nahm das Mikrofon, gab seinem Orchester ein Zeichen und sang den ersten Tango: *Du nahmst mir den Verstand und machtest mich zum Sklaven, als du mir deine Liebe gabst und schworst, dass sie für immer war.*
Der Tanz begann. Die Mädchen und die Jungen, die Frauen und die Männer, die Greisinnen und die Greise stürmten auf die Tanzfläche. Der Zigeuner besang die Liebe, bedankte sich bei der Sonne, die nicht unterging, für die lange nordische Nacht, die der Liebe so viel Zeit und Licht schenkte. Und die Frauen und Männer tanzten, entschlossen, jeden Augenblick dieser Nacht dem Verlangen nach der Liebe zu widmen.
Selja verschwand mit Raimo im Wald. Sie hatten wohl das Alkohollager gefunden und beschlossen, wieder mal gemeinsam zu trinken. Als sie zurückkamen, blühten rote Rosen auf ihren Wangen.
Der Tangosänger beklagte sein Leid, seinen Liebeskummer, die Untreue der Frauen, die Unerfüllbarkeit der Träume.
Willst du auch einen kleinen Schluck?, fragte Selja und holte eine Wodkaflasche unter ihrem Mantel hervor.

Ich trank und hörte dem Tangosänger zu.
Jetzt verbreitete er wieder etwas Hoffnung. Auch wenn die Jahre vergehen, die Haare grau werden und die Kraft des Eros nachlässt, eine wahre Liebe stirbt nie.
Ich trank noch einen Schluck. Selja war wieder mit Raimo verschwunden. Die Flasche hatten sie mir dagelassen. Sie hatten wohl irgendwo neue, volle Flaschen gefunden. Ich sah auf die Tanzfläche.

Mein schöner Tänzer huscht vorbei. Auch meine erste Liebe stolziert über die Tanzfläche, sehr genau darauf achtend, dass er keinen falschen Schritt tut. Er trägt seinen leidenden, melancholischen Blick zur Schau, der sich im Laufe der Jahre bei den reifen Frauen und kleinen Mädchen als gleichermaßen wirkungsvoll erwiesen hat.
Seljas Mutter tanzt mit ihrem Mann. Ihre Wangen glühen nicht vom Schnaps, sondern vor Freude. In ihrem Haar stecken weiße Blumen. Und da! Der Mathematiklehrer. Er erklärt gerade einer Dame im Kretonkleid, dass er nur heute Nacht die Zahlen vergisst und fremd geht. Nur heute Nacht hat sie die Chance, sich selbst mit ihm zu betrügen. Ente watschelt auch auf der Tanzfläche herum. Sie tanzt allein. Mein Sohn ist ein berühmter Schriftsteller!, ruft sie. Er glaubt, dass die Menschen nur lebendig werden, wenn er sie ins Leben ruft. Ihnen den Atem einhaucht! Ich – ich glaube nur an die Farbe. Man

muss die Leute dazu erziehen, die Farbe zu sehen, Farbe zu bekennen!
Und die Haushaltslehrerin und die Handarbeitslehrerin tanzen. Die beiden Freundinnen! Sie halten sich etwas verlegen aneinander fest. Aber dann vergessen sie ihre Angst. Heute Nacht ist alles möglich. Keine Liebe ist verboten. Sie tanzen und tanzen, und der Duft von Lavendel überdeckt alle anderen Gerüche. Der schöne Deutschlehrer holt die verzweifelte Deutschlehrerin aus ihrer Ecke. Unbeherrschte Lebensfreude gefällt mir, flüstert er ihr zu. Ich ängstige mich auch nicht vor wilder Verzweiflung. Freude und Verzweiflung sind ja Geschwister. Alles nur ein Tango.
Die Ärztin macht sich Platz auf der Tanzfläche. Kommt, Männer, zeigt mir etwas, das ich noch nicht kenne!
Meine Großeltern mischen sich auch unter die Tanzenden. Mein Großvater schmunzelt, meine Großmutter schüttelt abschätzig den Kopf, aber ihre alten Füße heben sich im Takt des Tangos.
Meine Eltern vergessen alle anderen um sich herum. Sie haben oft miteinander getanzt. Das sieht man. Mein Vater singt, meine Mutter lächelt und schwebt über den Boden.
Mein Bruder Pekka John Gilbert ist auch auferstanden. Er hat das Mädchen aus dem Nachbargrab mitgebracht. Sie bewegen sich scheu und unsicher. Die beiden tanzen das erste Mal zusammen.

Die Musiker machten eine Pause. Ich sah mich nach Selja und Raimo um. Sie saßen im Zelt und tranken Bier. Raimo stritt sich mit jemandem. Die Leute am Nebentisch stritten sich auch. Die ersten Flüche tönten in die helle Nacht: *Saatana! perkele!*
Die Musiker tranken Bier, und der Tangosänger wischte sich mit einem weißen Taschentuch übers Gesicht. Die Stimmen im Zelt wurden lauter. Schnell eilte die Kapelle wieder auf ihren Platz.
Die Jahre vergehen, meine Liebste, der Lebensabend naht ... sang der Zigeuner, und draußen war es hell wie am Tag.

Auch am Johannistag war es sonnig.
Die Finnlandflaggen wehten, und die Menschen, die nicht versucht hatten, die Nacht für sich zu gewinnen, gingen in der Sonne mit ihren Hunden, Kindern, Frauen und Männern spazieren. Sie leckten genüsslich an ihrem Eis. Kein verdorbener Magen, kein schwerer Kopf, keine zertrampelten Illusionen verdarben ihnen den Appetit.
Ich ging zum Bahnhof, um mich nach den Zügen zu erkundigen. Zu viele Jahre standen zwischen mir und dem Mädchen, das ich einmal gewesen war. Zu viele Jahre und eine Mauer aus Flaschen standen zwischen Selja und mir.

Ich suchte aus dem Fahrplan einen Zug für den nächsten Tag heraus und ging dann zurück in mein dunkles Zimmer, weil mich die Strahlen der Sonne niederschlugen.
Gegen Abend rief Selja an.
Ich dachte, du hättest vielleicht Lust, zu uns zu kommen, sagte sie.
Ich fahre morgen zurück, sagte ich.
Hast du denn noch etwas Wichtiges zu erledigen?
Nein, sagte ich.

Selja kochte Kaffee. Auf dem Tisch stand eine Toscatorte. Für mich war eine Toscatorte immer eine finnische Spezialität gewesen, weil ich sie seit meiner Kindheit kannte. Jetzt fiel mir auf, dass der Name wohl eine Abkürzung von Toscana war und diese Mandeltorte ihren Ursprung in Italien hatte.
Wie bist du denn gestern nach Hause gekommen?, fragte Raimo.
Mit dem Taxi, sagte ich.
Wir haben dich aus den Augen verloren, sagte Selja.
Ich aß Kuchen, Selja und Raimo tranken nur Kaffee.
Du musst einen eisernen Magen haben, sagte Raimo und sah angeekelt auf mein Kuchenstück.
Ziemlich gastritisch und zerfressen vom gestrigen Wodka, aber ich schlucke Magensäurebindendes und ignoriere ihn einfach, sagte ich. Ich esse nun mal gerne Kuchen.

Ich hoffe, deine Geschichten sind nicht so süß wie das Zeug, das du isst! Bücher müssen kräftig wie das Brot, salzig wie die Heringe und berauschend wie Wodka sein, sagte Raimo, stand auf und leerte die Aschenbecher. Dann stellte er sich hinter meinen Stuhl und blieb in meinem Rücken stehen. Er atmete schwer.

Selja und ich arbeiten im Büro einer Exportfirma. Wir müssen Frachtbriefe überprüfen und die Daten und Zahlen in die großen Lieferantenbücher eintragen. Wir sitzen auf hohen Stühlen, und die Bücher liegen auf einem Pult vor uns. Bis auf uns und die Sekretärin arbeiten nur Männer in der Firma. Es sind junge Männer. Bloß der Bürochef ist älter. Für uns ist er alt. Er ist vielleicht vierzig. Wir sind sechzehn. Er hat die Angewohnheit, hinter meinem Stuhl stehen zu bleiben, während er sich mit den anderen Männern im Raum unterhält oder ihnen Anweisungen gibt. Ich spüre seinen Atem im Nacken. Er ist ein großer, fleischiger Mann, der immer graue Anzüge trägt und mich an einen Elefantenbullen erinnert. Wenn er in meinem Rücken steht, kann ich nicht arbeiten. Sein Atem ist heiß, und er bückt sich manchmal zu mir hinunter, als würde er einige der Zahlen überprüfen. Aber ich weiß, dass er mich überprüft. Er spürt meine Erregung, meine Angst und meine Neugierde. Und er spielt damit. Manchmal legt er eine Hand um meinen Nacken

wie aus Versehen und redet weiter mit den jungen Männern im Raum. Zwischen seinen Sätzen lacht er leise, während seine Hand meinen Nacken umfasst.
Er tut so, als ob du ihm gehörtest, sagt Selja empört.
Ich zucke mit den Schultern und lächle. Solange ich seine Stimme höre und die Wärme seiner Hand in meinem Nacken spüre, gehöre ich ihm.

Willst du heute Nacht hier schlafen?, fragte Selja. Wir könnten ein paar alte Fotos angucken und miteinander reden.
Ich nickte. Raimo setzte sich wieder.
Selja holte die Fotoalben. Raimo redete.
Du kannst dir das kranke Herz rausreißen und ein anderes hineinlegen lassen. Aber was hast du davon, wenn dein unruhiger Kopf es wild macht. Es schlägt sich wieder kaputt. Die ganze Medizin ist für den Teufel. Alles kann man auswechseln. Die ganze verdammte Menschheit kann man auswechseln. Was machen wir hier? Habt ihr die Seele gefunden? Hat jemand einen Sinn für die Seele gefunden. Ist es der Sinn einer Seele, ein Bild zu malen? Ein paar Noten aufzuschreiben, ein Gedicht? Ist es der Sinn und die Sehnsucht dieser unauffindbaren Seele, eine andere Seele zu finden? Steckt sie in einer Umarmung? Vielleicht ist sie der Wind, der vorbeiweht. Milliarden von Galaxien gibt es und nur eine einzige unauffindbare Seele, ein ruheloses Herz, eine vergiftete Leber!

Aber zwei Nieren, sagte Selja. Zwei Augen, zwei Ohren und zwei Nasenlöcher.

Ist sie nicht hinreißend!, rief Raimo. Sie sagt nicht viel, aber wenn sie etwas sagt, kann man ihr nicht widersprechen. Es ist immer die reine Wahrheit, die nackteste Tatsache. Der Geist ist überflüssig geworden. Es werden ohnehin nur noch Technokraten und Tiere übrig bleiben. Er sprang auf. Seine Wangen glühten. Er war unruhig.

Glücklicherweise gehörst du zu den Tieren. Aus deiner Männerhaut sprießen noch genug Haare für ein Affenfell, sagte Selja.

Wir lachten, und Raimo zog sich in sein Arbeitszimmer zurück.

Malt er jetzt?, fragte ich.

Er malt schon lange nicht mehr. Er schmiert nur und versucht sich einzureden, das Ergebnis stelle das Bild dar, das er malen wollte. Aber es gelingt ihm nicht immer, sich selbst zu betrügen. Das macht ihn aggressiv. Er schlägt mich, weil seine Finger ihm nicht gehorchen, und seinem Kopf keine Bilder entspringen.

Wir sahen uns alte Fotos an. Selja und ich nebeneinander sitzend in der ersten Klasse des Gymnasiums. Wir nebeneinander in der zweiten Klasse. Hintereinander in der dritten und in der vierten. Dann weit auseinander in der fünften Klasse. Ich in der ersten Reihe, Selja ganz hinten.

Auf dieser Seite des Albums klebte ein Zettel von

mir. Ich habe beschlossen, die Freundschaft mit dir zu beenden. Du bist ein Klotz an meinem Bein. Du hältst mich ab von Dingen, die ich machen und lernen möchte. Du interessierst dich für nichts, und du willst auch keine neuen Menschen kennen lernen. Immer willst du nur mit mir zusammen sein. Aber ich möchte auch mit anderen zusammen sein. Außerdem will ich nicht so oft ins Kino gehen. Das Kino verdirbt den Charakter.
Nachdem ich den Zettel geschrieben habe, breche ich den Kontakt zu Selja ab. Nach ein paar Tagen fehlt sie in der Schule. Ich erkundige mich nicht nach ihr. Ihre Mutter hält mich auf dem Nachhauseweg an und sagt, du solltest Selja besuchen. Sie war im Krankenhaus. Die haben ihr den Magen auspumpen müssen. Hatte meine ganzen Schlaftabletten geschluckt.
Ich besuche sie.

Auf dem nächsten Foto sitzt Selja wieder hinter mir und lächelt in die Kamera.
Ich habe auch andere Freundinnen. Aber ich kehre immer wieder zu Selja zurück.
Sie ist wie ein weißes Blatt Papier, dem ich meine Gedanken anvertrauen und sie wieder ausradieren kann. Sie erwartet nicht, dass ich bei meinen Meinungen bleibe, meine Versprechen halte. Sie erwartet nur, dass ich immer wieder zu ihr zurückkehre. Damit sie nicht allein ist.

Hunderte von kleinen Zetteln, viele lange Briefe schreiben wir einander während der Schuljahre. Wir versuchen, uns gegenseitig zu richtigen Menschen zu erziehen, als wären wir kleine Seejungfrauen und müssten uns mühsam die Fähigkeiten beibringen, die andere Kinder spielend erlernen.

Aus dem anderen Zimmer hörte ich Raimo rufen: Hello, Mr. Johnsson! How are you? This is Mr. Salama from Finland speaking. Yes, Finland! How is the weather in Southsea?
Ich sah Selja fragend an. Sie erzählte, dass Raimo eine Funkanlage habe.
Er funkt jede Nacht, wenn er nicht versucht zu malen oder besoffen ist, sagte sie. Er funkt um die ganze Welt! Nachts ruft er die Schiffe, und tagsüber führt er endlose Monologe. Das ist unsere Geschichte von Tausendundeiner Nacht.
Wir konzentrierten uns wieder auf die Fotos der Vergangenheit. Ab und zu hörten wir einen lauten Ruf von Raimo, das Scheppern und Krächzen und Summen von schlechten Übertragungsleitungen, wenn er den Kontakt suchte.
Hello!, rief er. This is Mr. Salama from Finland speaking! Hello! Hello! Can you hear me?
Am Abend brieten wir Strömlinge, aßen Kartoffeln mit Dill und Butter dazu und tranken Saft.
Ich habe früher gesungen, erzählte Raimo. Gesungen und Klavier gespielt, das gehörte zu meiner gu-

ten Erziehung. Balladen, Liebeslieder und Choräle. Fast hätte ich auch noch im Gefangenenchor mitsingen dürfen! An das erste Chorlied erinnere ich mich noch sehr gut. Ich war barhockerhoch, als ich das Lied trällerte.
Er stand auf und sang sein erstes Chorlied.
Selja und ich applaudierten, und Raimo bedankte sich mit einer tiefen Verbeugung.

Wir gingen früh ins Bett. Selja bezog mir die Couch im Wohnzimmer.
Ich lag auf der Seite und betrachtete die Bilder an der Wand. Sie alle waren von Raimo. Selja hatte keine ihrer Zeichnungen aufgehängt. Auf einem großen Gemälde von Raimo war ein leerer graublauer Raum. Keine Fenster, keine Tür, nur die Andeutung von Wänden, dem Boden und einer Decke. In der Mitte des Raumes schwebten zwei Lilien. Wie abgeschnitten in dem leeren Raum.
Ich hörte, wie Raimo wieder in sein Arbeitszimmer ging. Er fängt vielleicht an zu malen, dachte ich. Vielleicht wird es diesmal das Bild, das er malen möchte. Ich schlief ein und wurde plötzlich von Raimos Stimme geweckt. Er hatte wieder Kontakt bekommen. Mit irgendeinem Schiff wohl, denn er fragte nach dem Wellengang und nach der Windstärke.
Ich drehte mich um. Raimo schrie in sein Gerät. Selja war aufgestanden, sie schlich auf Zehenspitzen

in Raimos Arbeitszimmer. Ich stand auf und folgte ihr.
Mich stört das nicht, sagte ich zu Raimo. Mach ruhig weiter. Ich bin sowieso nicht müde.
Ich koche uns einen Kaffee, sagte Selja.
Wir tranken unseren Kaffee in der Küche. Ich konnte die Birken draußen erkennen, und ich wartete darauf, das Morgenlied der Vögel zu hören. Aber es war noch Nacht, und die Vögel ließen sich nicht von der Helligkeit täuschen.

Ich muss ein wenig nach draußen. Ich ersticke hier drin. Diese Unruhe. Die habe ich seit dem Tod meiner ersten Frau. Ich hatte sie immer, aber seitdem ist sie noch schlimmer geworden, sagte Raimo zu mir, und zu Selja vorwurfsvoll: Du hast mein Hemd angezogen!
Nimm dir ein anderes und zieh dir einen Pullover über, sagte Selja zu ihm.
Ich gehe doch nur vor die Tür, nur einmal tief ein- und ausatmen, antwortete er und ging.
Raimo hat mich in Deutschland angerufen. Er macht sich Sorgen um dich, sagte ich zu Selja.
Aber wegen des Anrufes bist du wohl nicht gekommen?
Ich schüttelte den Kopf.
Du bist gekommen, weil du glaubtest, du könntest das Boot meiner Träume steuern? Aber das Boot ist längst untergegangen, und ich erwarte nicht von dir,

dass du mir ein neues schenkst. Und du brauchst nicht ins Wasser zu springen, um das alte zu bergen, sagte sie und lächelte.

Du bist ja in kein Boot eingestiegen, sagte ich.

Nein, sagte sie. Vor Träumen hatte ich immer Angst.

Ich bin vielleicht gekommen, weil ich mich erinnern wollte, sagte ich.

Ich habe nie etwas vergessen, sagte sie.

Wo hast du Raimo eigentlich kennen gelernt?, fragte ich.

Er wohnte im selben Haus, als ich noch in Helsinki war. Unsere erste Begegnung fand im Badezimmer statt. Ich lag in der Badewanne. Das Wasser in der Badewanne war rot vor Blut. Um mich herum standen drei besoffene Männer. Sie gafften mich an und wussten nicht, was sie tun sollten. Ich hatte sie nach einem Kneipenbesuch mitgeschleppt, zu einer Nachfeier. Ich hatte mich in die Badewanne gelegt, weil ich Leibschmerzen bekam und mir von dem warmen Wasser Linderung erhoffte. Aber ich fing an zu bluten. Jemand klingelte, einer der Männer öffnete, und da stand Raimo in der Tür. Er wohnte nebenan und hatte die Tangomusik gehört. Die Männer hatten das Radio auf Lautstärke gestellt, und Raimo reagiert manchmal allergisch auf finnische Tangos.

Spielt ihr Marats Tod?, fragte er, als er mich in der Badewanne und die Männer davor sah. Ich konnte nicht mehr antworten. Ich wurde ohnmächtig. Ich hatte eine Fehlgeburt.

Raimo warf die Kerle aus der Wohnung, rief einen Arzt an, und seitdem sind wir zusammen. Er redet, und ich höre zu. Er malt, und ich schaue zu.
Ich sagte: Ich habe eine Geschichte über Raimo geschrieben, als mir jemand davon erzählte, dass er seine Frau umgebracht hat.
Ist die Geschichte gut?, fragte sie.
Ich weiß es nicht. Ich kenne ja die Fakten nicht. Ich habe mir nur ausgedacht, wie es hätte sein können.
Das hast du immer getan. Wahrscheinlich interessiert es dich gar nicht, wie etwas tatsächlich gewesen ist, meinte sie.
Selja schenkte uns noch Kaffee ein, und wir saßen schweigend und warteten auf den Morgen, auf das Aufwachen der Vögel, auf den nächsten Tag. In den Zeigern der Küchenuhr bewegte sich die Zeit.
Irgendwann sagte ich: Er atmet aber lange ein und aus.
Vielleicht macht er doch einen Spaziergang, meinte Selja.
Aber dann ging sie hinaus, um nach ihm zu schauen.
Sie fand Raimo gleich neben der Tür. Er war tot, aber ich rief trotzdem die Ärztin an.
Sie kam mit dem Taxi. Der Taxifahrer, Selja, die Ärztin und ich trugen Raimo in sein Bett.
Ich möchte, dass er heute Nacht noch hier bleibt, sagte Selja.
Natürlich, sagte die Ärztin, umarmte Selja, und ver-

abschiedete sich mit einem langen Blick von dem Künstler.
Ich ging mit Selja ins Schlafzimmer. Wir sahen Raimo an. Die Unruhe hatte ihn verlassen.
Es wird still werden, sagte Selja und fragte dann: Kannst du das Gedicht auswendig?
Ich wusste, welches Gedicht sie meinte, und nickte.
Sag es auf, bat sie.
Ich komme mir lächerlich vor, jetzt Gedichte zu rezitieren, sagte ich.
Wir sind alle lächerlich. Aber nicht nur, sagte sie. Du musst ja nicht rezitieren. Du brauchst es nur aufzusagen. Seit du das Buch mitgenommen hast, habe ich das Gedicht nicht mehr gehört und nicht mehr gelesen.
Wir gingen in die Küche. Es war das Gedicht *Das Land, das nicht ist* von Edith Södergran.
«Ich sehne mich nach dem Land, das nicht ist,
denn alles, was ist, bin ich zu begehren müde.
Der Mond erzählt mir in silbernen Liedern
vom Land, das nicht ist,
vom Land, wo all unser Wünschen wunderbar erfüllt wird,
vom Land, wo alle unsere Ketten fallen,
vom Land, wo wir unsere blutige Stirn kühlen
im Tau des Mondes.
Mein Leben war ein heißer Wahn.
Doch etwas habe ich gefunden und etwas wirklich gewonnen –

den Weg zum Land, das nicht ist.»

Ich trug das Gedicht nicht weiter vor.
Wir saßen am Küchentisch und hielten uns an den Händen. Dann lösten wir die Finger voneinander.
Ich fragte sie, ob ich bleiben sollte, bis Raimo beerdigt wäre. Aber sie wollte nicht.
Du hast deine Toten. Raimo ist der erste Tote, um den ich weinen kann, sagte sie.
Ich verabschiedete mich, als die Vögel mit ihrem Gesang begannen.
Selja begleitete mich zur Tür.
Was willst du jetzt machen?, fragte ich.
Vielleicht erzähle ich ihm ein Märchen, jeden Tag ein neues Märchen, sagte sie, lächelte, und die Tränen tropften gleichmäßig und ruhig auf Raimos Hemd.

Ich legte mich in meinem Hotelzimmer ein paar Stunden ins Bett. Ich war zu müde zum Wachbleiben, zu müde zum Schlafen.
Als Kind fiel es mir oft schwer einzuschlafen.
Ich saß in meinem Bett und fühlte mich einsam, weil alle um mich in den Schlaf geflüchtet waren.
Manchmal kam meine Mutter an mein Bett. Sie strich mir über das Haar und sagte:

Die Sonne ist längst untergegangen, der Wind hat sich gelegt, auf der Erde liegt der Schnee still wie eine Herde Schafe, nur mein Kind kann nicht schlafen.

Gegen Mittag ging ich zum Bahnhof. Ich setzte mich in die Sonne auf die Bank und stellte meinen Koffer daneben.
Ich hatte noch etwas Zeit.
Ein alter Penner mit einem kleinen Radioempfänger setzte sich neben mich.
Auf der anderen Seite des weiten Meeres, irgendwo ist das Land … sang der Tangosänger.
Der alte Finne stand schwankend auf, machte eine höfliche Verbeugung und fragte: Darf ich um einen Tanz bitten!
Gerne, sagte ich und stand auch auf.

Aktuelle Informationen
Dokumente über Autorinnen und Autoren
Materialien zu unseren Büchern

Besuchen Sie uns auf:
http://www.klik.ch/firmen/naki.html

Umschlag: Layout Liaison Corinne Oetiker & Ronny Stocker
unter Verwendung des Gemäldes «Automat, 1927» von Edward Hopper
Foto: Jörg Dittbrenner
ISBN 3-312-00247-8

Elisabeth Plessen
Der Knick
Roman, 276 Seiten
ISBN 3-312-00233-8

Ein Gegenwartsroman, virtuos geschrieben, in jener vieldeutigen Unschärfe, in der der Leser seine eigenen Erfahrungen wiederfindet. Er spielt in den fünf Jahren vor dem Fall der Mauer, die Schauplätze sind Hamburg, Wien, Berlin, ein Haus in Veneto. Erzählt wird von Berufswelten und Karrieren. Doch im Mittelpunkt steht eine Liebesgeschichte, die Geschichte der komplizierten Abhängigkeit eines Paares.

«Elisabeth Plessen vermittelt in ihrem Roman «Der Knick» eindringlich Veras und Nicolas Gefühle, ohne sentimental zu werden. Sie beschreibt verständnisvoll die Problematik einer Beziehung, die durch den Medikamentenmissbrauch bis an ihre Grenze belastet wird. In die Zuneigung dringen Hass, Eifersucht und Misstrauen ein. Gleichzeitig wird aber auch die gegenseitige Abhängigkeit deutlich – es entstehen immer wieder Momente großer Zärtlichkeit.»
(Hamburger Abendblatt)

Gabrielle Alioth
Die Arche der Frauen
Roman, 228 Seiten
ISBN 3-312-00212-5

Ein abgelegenes irisches Tal. Ein Haus wie eine Arche über dem Fluss. Eine Idylle, so scheint es dem Paar zunächst. Sie kaufen das Haus, setzen Dach und Mauern instand. Doch dann ergreift ein Gefühl der Bedrohung von ihnen Besitz …

«Dies ist nach zwei Ausflügen ins Mittelalter, Gabrielle Alioths dritter Roman, nun in der Gegenwart, in ihrer Wahlheimat Irland angesiedelt. Wieder ist die Sprache schlicht und dicht, zugleich äußerst variationsfähig. Wieder hat sie sorgfältig ein Netz aus Bildern und Motiven geknüpft, um dem Erzählten Geschlossenheit und Tiefendimension zu geben.»

(Süddeutsche Zeitung)

«Die Geschichte einer Verzauberung und ein komplexer, poetischer Text, der auf überraschende Weise hochmodern wirkt.»

(Tages-Anzeiger)